你是我必经的流浪

枫子 著

FENG ZI

中国华侨出版社

图书在版编目(CIP)数据

你是我必经的流浪 / 枫子著.—北京:中国华侨出版社,
2015.4 (2021.4重印)

ISBN 978-7-5113-5414-3

Ⅰ.①你… Ⅱ.①枫… Ⅲ.①随笔-作品集-中国-当代
Ⅳ.①I267.1

中国版本图书馆 CIP 数据核字(2015)第087950号

你是我必经的流浪

著　　者 / 枫　子

责任编辑 / 文　蕾

责任校对 / 孙　丽

经　　销 / 新华书店

开　　本 / 787毫米×1092毫米　1/16　印张/16　字数/226千字

印　　刷 / 三河市嵩川印刷有限公司

版　　次 / 2015年6月第1版　2021年4月第2次印刷

书　　号 / ISBN 978-7-5113-5414-3

定　　价 / 45.00元

中国华侨出版社　北京市朝阳区静安里26号通成达大厦3层　邮编:100028

法律顾问:陈鹰律师事务所

编辑部:(010)64443056　　64443979

发行部:(010)64443051　　传真:(010)64439708

网址:www.oveaschin.com

E-mail:oveaschin@sina.com

序／青春就是要逆流而上

文／小鸢

像我这种厚着脸皮说我要帮你写序的应该只有我一人吧。

说实话，我已经不记得我是不是说过这样的话，最近常常这种间歇性失忆，听说枫子要出书了，当时那个激动和骄傲，也许就是这样的情况下才说出了让我写序的想法吧。哈哈。

认识枫子时，我们都还在读大学。一群朋友万里狂奔去看五月天的演唱会，七个人挤在一张拼凑的床上面。那一年杭州好冷，可是回忆好深。有时候想想也许就是有这样疯狂的开头，后面一切都觉得理所当然。

我想枫子的"生活在别处"大概就是从那个冬天开始的。当时只是单纯地想着要去看演唱会，想着去杭州玩几天，但是学生资金又不是很充裕，然后就找到了青旅义工的岗位，最后一待就是一个月。在我眼里，这大概是最惬意的旅行方式。

也有朋友和我说，旅游和旅行意义是不一样的，旅游是游，一群人走马观花，到此一游，收获的只有那一张张旅游照片。旅行侧重点在"行"字，需要身体力行，更多的是精神上的收获。我习惯在旅行前后写各一篇博文，其重点就是此趟旅行的意义，出发前写下此时的心情，希望通过出行达到什么样的目的，也许是独立的挑战，也许是迷茫想找回曾经的自己，也许就是一次同学会，见见好久不见的老朋友。我相信每次出行都有它独特的意义，因为每次旅行都是独一无二的回忆。

但枫子又常常说我目标性太强，做什么事情都喜欢先计划好，有针对性地入手。而她恰恰是相反的类型，她会说，我本来不打算去西藏的，来到西藏完全只是碰巧。有时候这样的话听起来让人又生气又羡慕。

我们都有环游世界的梦想，但为什么梦想只是个梦想呢？

很多人恰恰缺少这种勇气吧。

说走就走的勇气吗？

在我看来，一场说走就走的旅行靠的不单是勇气，需要的是热情，对自然、对社会，以及对我们生活的热情。

看完这本书，你会发现，枫子这一路，有过欢笑和泪水，也曾黯然神伤。她周围的朋友，经过的路人，沿途的故事一直都在变，但唯一不变的是对目的地的坚定，以及对另一种生活的向往。

我常常看着她的游记，想象着要是自己身临其境会是什么样子。哎，大概坚持不下来吧，西藏的路途那么遥远，去泰北这样的组织又是否安全。你看，我们总有太多的顾虑阻挠着我们前行，是什么让枫子每次都这么义无反顾地出发和抵达呢？也许这次可以找到我们需要的答案。

在日剧《推理要在晚餐后》中，影山执事对丽子大小姐曾说过这样一段话：大小姐，无论是谁，都需要休息和灵魂的解放，然而，那也是基于日常生活而引发的偶然。就算是在被困难的工作和学习困扰的日子，都要一步一个脚印。请你不要忘记，那样的生活，才是最重要的。

无论是旅行还是散心，最终还是要回归到日常的工作与学习当中。

不忘初心，不失热情。

但是，青春是人生的实验课，就算错也错得很值得。

如果你有勇气逆流而上。

那么，我会一直站在你身后为你鼓掌。

前言／这是个美丽的世界

　　我常常在想：旅行是什么？尤其是在旅途中和旅行之后，答案总是千变万化，甚至没有答案。有些人的旅行是看遍世间的风景，有些人的旅行却是为了一处的风景。有些人的旅行是听遍世间的故事，有些人的旅行却是为了倾听内心的声音。有些人的旅行包含了以上的所有"有些人"，而有些人一生中只会坚持其中的某个"有些人"。

　　有一天，我突然想到，其实旅行并不是什么，反过来说也许更加恰当，什么是旅行，这样就有答案了：什么都是旅行。出生是旅行，死亡亦是；升学是旅行，工作亦是；结婚是旅行，离婚亦是；离家出走是旅行，足不出户亦是；相聚是旅行，分离亦是；行万里路是旅行，读万卷书亦是；一路顺风是，坎坷人生亦是；乐观是，迷茫也是；我是，你也是……每个人的人生都是一场长途旅行，为了这场长途旅行，我们都在做着不同的努力。

　　而如果把世界上的所有人都看作是一朵花，每朵花的旅行都各不相同，千颜万色，那么，这该是一个多么美丽的世界。可是，这样的美并不能单单用眼睛就能轻易看见，也许用耳朵去听也只能听到一二，至于其余的三到一百，请用心。罗丹说，"世间不是缺少美，而是缺少发现美的眼睛"，我想，他所说的"发现美的眼睛"其实指的或是这一扇窗户内的心灵吧。这个世界或许并没有那么美好，但也没有那么糟糕，你所看到的便是你所想的，你所想的便是你心灵的样子。

这是一本旅行故事书，书中没有路线攻略，没有美食推荐，能与你分享的是我喜欢的一种旅行方式，是把自己扔在不同城市后的简单生活，是我所遇见过的美好又动人的花朵们。而你，可以冷眼旁观一个女浪人跌宕起伏的旅行情绪，还可以细细听我把那一个个故事娓娓道来，参与他们在人生某一段旅行中的成长。也许你会喜欢这些曾经听过但不曾了解的故事，也许你会发现这些人似乎就在你的身边，也许这些故事里会有一小段融化你的心，也许你还会反对我把"鸡毛蒜皮"写成一盘"好吃的宫保鸡丁"。但不管如何，都恳请你保留自己心中最真实、最诚恳的感受和回应，去碰撞、去分享。一如既往，坚持那个最初的你，如此努力，盛开在这缤纷的世界。

旅行即生活，生活即旅行，我呀，不曾停止生活；我呀，一直都在路上。

目 录
contents

第三章

拉萨就在附近，去逛逛吧

第四章

你说再见，我说一定还会回来

第七章
参差多态的美丽世界

后记

第一章
那个世界，那么纯净

2012 年 8 月，夏天还未结束，

泸沽湖已徘徊在秋冬之间。

温暖的阳光，冷冷的风，静静的湖水，

淳朴的人。一切的故事，将从这里说起。

嗨！29 岁

火车好像已经徐徐开来了，终于，开始有了一些激动的心情。今天天气很好，大雨过了，台风也过了，该上路的迟早都要上路。心里那些有的没的、好的坏的，总要去体验这一遭。要相信，那些都不是梦，梦到的，都是迟早的。

期待这一趟旅程已经很久很久了，我不是一时冲动，不是逃避现实，更不是为了艳遇，只是更喜欢一个在路上的自己。等待这一个启程同样煎熬了很久很久，熬到终于鼓起勇气开口问老板是否可以留在公司，直到听到那一句"要留下来很难"，瞬间释然，却差一点热泪盈眶。一来想到自己几乎要为这份工作放弃所有的不快乐，二来终于如愿以偿，感谢上苍感谢命运。

云南，在中国版图上似乎离我很近，而从厦门直达昆明，却要搭上 40个小时的火车。于是我转念一想，不如去长沙转车吧，那里有我最喜欢的湖南卫视、从小看到大的电视节目，那里曾承载着我最大的梦想。就这样，我买好车票，联系了一个长沙沙发主——风中烟火，那便是我在旅行中住的第一个沙发。风中烟火的知心知意，让我们成了彼此永远的朋友。她给了我莫大的鼓励去追寻自己的梦，而我，在未来的日子里，那些用脚丈量的远方，也莫名成了她努力生活的一部分精神支柱。她说，是我在鼓舞着她。

第一次见到她，就是在她家的门口。我提着行李按着她给的地址，进了一栋大楼，在一条长长的走廊里寻找她家的门牌号，就像古装剧里那个风尘仆仆，拖着狼狈身躯前来客栈投宿的旅人。而她却不是客栈的掌柜，她是收留我的好心村民，给我饭吃，给我水喝，还告诉我：姑娘，一路小心呀。敲门、开门，在相视的那一瞬间，我们互相一笑，居然没有一点的陌生，一见如故。

烟火的家是一间单身公寓，麻雀虽小，五脏俱全，十分温馨。刚进门，一架电子钢琴映入眼帘，在小小的房间里，显得庞大。可以看出，钢琴在她的生活中是不可或缺的娱乐。钢琴上、桌子上，放满了框好相框的照片，全是她旅行时拍下来的。有阳朔、三亚、西藏，也有尼泊尔、韩国……每一张照片上都标注着时间、地点，从 2009 年到现在，那是她对旅行的用心。她说自己每一年都会利用假期去不同的地方看看，但不能像现在的我，可以随时在路上，这让她羡慕不已。喜欢钢琴、爱旅行的她，给我留下了深刻的印象，旅行的第一站就遇到这样志同道合的人，对刚刚出发的我而言，有一种莫名的鼓励，好像一切美好就此展开。而我们的缘分，还不止于此。

"我打算明天去湖南广电，一直都想去看看。"我说。

"你想去湖南广电？我带你去吧，我刚好在那儿上班。"她说得简单，却一下让我激动不已，最初联系她时并不知道她做什么工作。

"你在广电上班？真的吗？那不是可以经常见到何炅、谢娜他们？"我羡慕地看着她说。

"我在广告部上班，平时基本跟电视节目没什么接触。其实我们本地人都不怎么看他们的节目。"她笑着说。"我的朋友也以为我在那里上班就能天天见到他们，还向我要录制节目的进场票，其实就算是我自己想去看，也要拜托人去电视部求票。"她说起有一次《窃听风云》剧组来大本营录节目，她喜欢吴彦祖，一个同事喜欢古天乐，两人刚好一起找了点关系才进去，不过也只有那一次，却足够乐得她心花怒放。

"太奇妙了，我给好几个沙发主发了邮件，却只有你回复我，而且还答应了。"

"我是和一个朋友一起注册沙发客网，如果我有事，那就可以介绍去住她那儿，要是她有事，那我也可以帮她招待她的客人，不过很奇怪，大多数人都是找到我，她目前只接待过一个。"她说。

虽然是沙发客，但不是真的只能睡沙发。烟火家没有沙发，我自然而然要占她一半的床了。来到长沙的第一晚，和一个初见的姑娘同床不共枕，初次体验沙发客，没来得及好好体味一番，便沉沉睡去。

第二天，为了要带我参观湖南广电，我们早早起床，搭上她那辆令我惊讶的可爱的小汽车，她去上班，我去旅游。路上车辆不多，一路畅通。从车窗望出去，终于看到了高高耸立的广电大楼，车转弯下坡，穿过一座桥，眼前出现一个空地，像黄土坡上的人家。

"这里就是大本营经常提到的马栏坡了。"她向我介绍说。

"啊？这就是马栏坡？"一片黄土地上，几家小吃。原来传说中的马栏坡竟是这样一个不起眼的地方，和想象中的感觉大相径庭，不禁觉得几分有趣。

她带我到食堂吃早饭，我们点了两碗面边吃边聊。

"哎呀，真羡慕你可以在这里工作，而且有房有车，感觉就是我对未来理想的样子。"我说。可她并不以自己现在所拥有的而自豪。

"房子、车子、体面的工作，只要你想，这些你以后都会有的，而现在的你才是我羡慕的样子，这样的经历会改变你的生活态度，影响你的一生。"她非常支持我趁着年轻去旅行的做法。

"那你还会继续旅行吗？"我问她。

"会啊。但是我已经 29 岁了，家里人不理解我的想法，都催着我赶紧结婚，我在他们眼里，就是异类。"她无奈地说着。

"那你有男朋友吗？"

"有，不过不打算现在就结婚，起码也要等到 30 岁以后再考虑吧。"嘿嘿，我们的想法居然不谋而合。

因为她，我更加坚定了这样的想法，这并没有什么不正常。可是父母那道关，谁都难以过。29 岁，离 2 字开头最远的一个数字，似乎意味着什么。在外人看来，她似乎已经不负生活的期望，工作稳定、有房有车，是多少人努力想达到的一个理想生活，整个人生都该是圆满的了。可是，她却不像他人想象中的那么快乐。

因为遇见她，我才得以借着一张通行证出入这幢大楼，看到了录制大本营的演播厅，虽然一扇门，见到了著名的八号化妆间，虽然不能进去。

里面的每一个角落，都被快乐家族和天天兄弟的海报包围，我像进了他们的家一样。在她还不能说走就走的时候，却诚心诚意想要用最大的努力来满足了一个女孩在旅行中的心愿。她看着我，就像看着一段难忘的青春岁月。

在豆瓣上看到一篇文章，是一个29岁的女生写自己的29岁，和烟火正好相反。几年的离乡漂泊，无数个不愿停歇的脚步，走出了一个多么精彩的青春印记。可是，当有一天，她终于不再流浪，想停下来好好工作，安心上班，过安稳的生活时，却处处碰壁，用人单位说她没有专业特长没有经验，而且年纪大。不敢去想，若是这样走下去，等到29岁时，会是一个什么样的我，也会有这样的辛酸和无奈。但我依然欣赏她的勇气、她的坚持、她的随心，既然选择了远方，便只顾风雨兼程；既然跟从了心，那么迎面而来的艰苦就当作是另一种享受吧。

同样是29岁，一个努力工作赚钱，只能趁着假期去旅游，等到真正想放下一切去流浪时，却发现好像过了疯狂的年纪。一个正好相反，旅行上瘾，一年一年行走在路上，不知疲倦，终于想通要好好工作时，却一样发现过了年纪。不同的人生经历，各有各的不幸，似乎看不出哪种人生更划算。唯有随心而去，唯有不负自己，才不会去计较。

2013年11月，我正在哈尔滨，那时离最初的出发已近一年半了。空荡荡的邮箱里，有一天忽然来了一封长长的信，是烟火写来的。她写道，亲爱的枫子，距上次的见面应该有将近两年了吧，那是你第一次出门，第一次停留在长沙，我跟你说了很多话，我说我支持你、羡慕你，人的一生值得去冒险、去经历，看到这两年来你在日志中留下的印记，我深深感动，你就像是完成梦想的我，就像是理想中的我……今天，是我 30 岁的生日，再不疯狂真的就老了，我终于下定决心，丢下这一切，我想去流浪，去你走过的地方，去大理，深入西藏的腹地……希望我们一直有勇气走在这生机勃勃的生命之路上！

这一年，那位找不到工作的姑娘不仅依然走在路上，还遇到自己的人生伴侣。两人相伴要当一对农夫农妇，不理会世俗的流言蜚语，耕种属于他们自己的那块地。小日子过得紧巴而快乐，平淡而充实。

喜欢她说的：婚姻不是枷锁，如果非要结婚，那一定要找个志同道合的人，开始更好的生活。也喜欢烟火说的：既然我们生为这样的生命，就应该尊重这样的生命。29 岁，不过只是 29 岁，是漫长路途中迷失的年纪。29 岁，不过只是 29 岁，是这样的生命里最平凡不过的年纪。祝福你我，能够成长为自己理想中的样子，在那个人人害怕而悔恨、迷茫而清醒的29岁。

女人的世界 男人的天堂

果然是淡季，住宿的人少了，吃民族餐的人也少了，晚餐时间我也不用去老房子帮忙了，趁着空闲，不如来说说摩梭人里威严的祖母吧。

为什么要说祖母呢，因为在泸沽湖摩梭人家族里，她是一家之长。因为在这个美丽的湖畔边，依然延续着中国原始时期的母系社会，因为这里的人们男不娶，女不嫁，自由走婚。因为这里被称为"女人的世界，男人的天堂"。

泸沽湖，表面上指的是湖，其实已经泛指了包括周围所有村落在内的地域范围。这里被称为东方女儿国，依旧沿袭着古老的母系社会。这里的小伙儿不娶，姑娘不嫁，当然也要结婚，叫作走婚。他们忙于山间地里，自给自足，家庭中的所有成员不分彼此，按需分配。

母系社会，我大概是从历史课上听到过吧，对于一睁眼就是父系社会的我来说，历史教科书上的相关段落不过是个概念，好像意识里就认为母系到父系是一种进步，那已经是原始并且不会存在的东西了，那已经是不需要深究而远去的社会了。也许你在看我写这些的时候，还会在心里嘀咕：哇，多么原始。可是当你真正来到干净得不像话的泸沽湖，融入淳朴的摩梭人家中，就会觉得：哇，多么神奇。那不是止步不前，而是一种古老文化的保留，让我觉得珍贵而珍惜。

摩梭人家里有着主导地位的是祖母（辈分最高的女人）和舅舅（最大的儿子），因为没有和父亲住在一起，所以长兄如父。母系社会女人当家，自然也由女人传宗接代，生了孩子跟妈妈姓。在这里，女儿相比儿子来说，反而更受宠，因为每一个女儿都有可能成为家族里的下一位祖母，掌管家里的一切。而如果家里都是儿子，那就需要娶进来一个姑娘，就是我们俗称的入赘，只是我们入赘的是女婿，他们入赘媳妇。我所义工的格姆山下客栈的老板宾玛大哥家就是这样，他们家八个兄弟，没有姐妹，而每天在客栈忙里忙外的大姐就是其中一个兄弟"入赘"进来的媳妇，她也将成为这个家未来的祖母，撑船掌舵的使命就将落在她的身上，虽然辛苦却备受尊敬。像这样"入赘"的特殊情况，男女双方就不存在走婚喽。

那真正的走婚是怎样的呢？在驱车前往泸沽湖的车上，宾玛大哥就给我们普及说，他和他的妻子就是走婚。走婚其实就是男女双方结婚后各住各家，白天各自在家里帮忙干农活，只有等到晚上男方才会到女方家过夜。所以那些走婚的男女并不像我们现在的年轻夫妻一样，结婚后便组成自己的小家庭，他们没有属于夫妻二人的小家庭，生了小孩也由女方带养，但在经济上共同承担。他们结婚不用领证，婚姻简单单纯，仅靠感情维系。不管你家是否有房有车，都跟我没有关系，如果你是老板，我也不会自称老板娘。婚姻里既没有都市复杂的婆媳关系，也没有看不顺眼的小姑子。一辈子只有娘家一个家，永远和自己的妈妈还有兄弟姐妹在一起，真好。婚姻真的只是两个人的事，而且能把两人拴在一起的唯有爱情，爱情不在了，各安天涯，各自安好。

有人可能要发问了，如果爱情不在了就各安天涯，那他们会不会频繁地离婚又结婚？恰恰相反，因为他们相信，没有物质和他人的干扰，两人的爱情才会更加长久，就算最后不能一起，也算自由分手，不会涉及财产分配、孩子监护权，更不会涉及官司，所以这里不需要法律约束，只有道德约束和信仰约束。

因为每个人心中都有一把道德和信仰的标尺，因此事不出格吧。宾玛大哥说他开客栈八年来，从来没有锁过门，从来没有丢过东西。第一天住进来的时候，我还有些不放心，找了把锁扣在门上，又自觉锁门简直就是对这里人的侮辱，便又把锁收起来了。来这里半个月，我除了晚上睡觉以外，就算是出去玩也从来没有锁门，习惯了把锁门当成一件不需要的事。

摩梭人的家庭观念很强，家庭责任感胜于一切，工作不分轻重，能多干就多干，赚了钱统一交给祖母，再由祖母二次按需分配，即使你在上学暂无工作收入，也可以得到分配给你的那一份。我想，如果我们的社会也能像摩梭家庭一样，多关注那些有所需要的人，或许就可以减少贫富差距了吧。正是这种以家庭为主的观念，使得这里的母系氏族得以长久，直到现在。

摩梭人个个能歌善舞，天生亮嗓，一首毫不费劲的《青藏高原》是篝火晚会的必唱曲目。尤其是在淳朴的小落水村，那里的篝火晚会常常备受青睐，人多的时候达到六七百人，自由跳舞的时候，人挤着人，一个圈都转不动。篝火晚会是每一个游客到此一游都不会错过的体验，不仅仅因为它热闹好玩，更因为传说篝火是摩梭男女走婚的开始。也就是说，在篝火晚会上，如果某个阿哥看上了哪个阿妹，就会主动扣住她的手心，若是阿妹没有拒绝，和他十指相扣，那么就表示同样喜欢他。走婚也是一种婚姻的方式，并不会因为没有结婚证、不组小家庭而显得随意，男女双方在感情的基础上一样会对爱情忠贞，只是不需要朝朝暮暮。

泸沽湖的水会净化你的眼睛，摩梭人的质朴会感化你的心灵，但也不乏一些素质低的游客，只顾自己的方便，到处乱扔垃圾，甚至在湖边洗车，还不觉丢人。任何一片净土都无法阻挡外人来访，也无法抵挡外来的诱惑，自然难以保持原生态。而对于泸沽湖来说，这些诱惑可以增加他们的收入，改善村子里贫穷的生活，甚至可以让越来越多山里的孩子进教室上学，缩短遥远的上学之路。

宾玛大哥是小落水村的村长，这家客栈是他和弟弟共同经营，不过客栈的琐事大部分都交给了弟弟和弟妹，而他，除了为村中大小事奔忙之外，更难得的是，他还是一名名副其实的公益人。在他的手下筹建的希望小学共有 26 所，每年开学前，他的客栈仓库内外都会堆满一箱又一箱从全国各地寄来的衣物、学习用品和玩具等，等着他用车送到各个学校去发给孩子们。宾玛大哥没有上过学，几年前开始自己研究网络、在论坛发帖，把山里孩子们的情况通过网络发布出去，让更多的人知道并且希望可以得到帮助。幸运的是，如今，已经有越来越多的好心人主动把需要的东西寄来这里，关心着这片山里的孩子们。爱心的传递常常会感染到身边的人，住过格姆山下客栈的游客们回去后，也会写信寄照片来问候，还会发动周围的人把不穿的衣物寄来这里，献一份爱心。大家在回忆起这段旅程时，想起泸沽湖畔的祖母的时候，也多了一份牵挂。

人事风景在路上，欢喜触动在心里。有时候，最美的回忆并不是那些已经足够美丽的风景，而是那道风景里的人和那些动人的故事。

祖母的事就说到这里吧。祖母虽然年纪大，但是眼神依旧威严。在此，祝祖母一切安好。

请你一定要比它幸福

　　泸沽湖的天空，又出现了那种特别的蓝色，淡淡的，不豪迈，却因简单而舒服。住在湖畔客栈的我，每每做完家务活，做得最多的事不外乎仰望天空，已经变成了一种习惯。

　　在这里，每天早晨醒来的第一件事一定是拉开枕边的窗帘，看看日出了吗，今天是阴还是晴。有时，温暖的阳光会比阴霾的天空更让我惊慌失措，因为总想着一定要去哪里走走，不能错过了这样的好天气。像这里的狗一样，沐浴阳光下一整天，眯着一脸幸福。

　　记得第一次义工旅行时住的那家青年旅舍里有两只狗，叫胖胖和奶牛。在现实生活里，我从来没有见过哪只狗像它们那样幸福，甚至被人过分宠爱。它们喝狗奶，吃肉骨头，享受着大部分的狗几乎没有的 VIP 待遇。胖胖和奶牛非常可爱，可有时我却不太喜欢它们，因为人狗殊途，而它们却不知道收敛，活得比人还要滋润。

　　碰巧的是，泸沽湖的格姆山下客栈也住着两只狗，当当和花花。

不用说，它们一样是幸福的。晒着太阳，睡着懒觉，好狗也可以常常挡道，还可以让经过的人主动绕道。而与胖胖和奶牛不同的是，它们没有每天清晨由主人温柔送入嘴里的专属狗奶，更不会有人扔一大块肉在它们面前。没有人宠爱着的它们却每每在泸沽湖温暖的阳光下洋溢着一脸的舒适与自由，它们的幸福让我不置可否。我以人的身份欣赏着它俩的得意扬扬，有时又觉得自己和它们一样，不确定是把自己想成了狗，还是把它们看作了人。彼时为无数平凡的狗狗们忌妒过胖胖和奶牛的奢侈生活，此时又替它们羡慕起当当和花花的幸福时光。于是自然而然地就觉得，人和狗原来是殊途同归。那么人呢？当没有丰厚的物质时，是否会像当当和花花一样，懂得享受可以幸福的生活。

一个下午，温暖而安静的阳光下，走过院子时不小心惊醒了正在熟睡的花花，它突然就睁开了眼睛，像意识到灾难一样迅速。它警觉性地快速睁眼有点吓到我，心里有些抱歉，我下意识地把右手食指靠近唇边，非常不好意思地做了个"嘘"的动作，我想它一定是看懂了我并非不怀好意，便立马卸下防备一般又变成一副睡眼惺忪的样子，接着又侧过头安然睡去。这是我生平第一次，对一只狗产生歉意，而且觉得本来就应该这样。想起自己从小到大，不知道大声呵斥过多少曾在我家门外偷吃垃圾篮里那些骨头的狗。因为我爸最讨厌猫啊狗啊把垃圾篮翻得乱七八糟，有时还会把垃圾嚼到地上。现在我会觉得，安静地站在一旁看着它们安心地一点一点填饱肚子，不是很好的事吗。花花一下子又睡着了，我绕过它的身旁。

有多少人不喜欢被吵醒的感觉，就有多少花花喜欢沉浸于春秋大梦之中。那些容易恼羞成怒的人往往不如一只狗来得冷静，它们并不会因为被惊扰了美梦就乱吠一通，而是等那不识相的扰梦人走了之后，继续像只没事狗似的回到睡梦中，一点也不会计较。多么幸福的狗狗，其实它们和人一样，有权利享受一个甜美的午觉，并且不被惊醒。

可惜，大部分的狗并不能这般幸福。因为当你靠近它时，它可能会以为卖狗肉的又来了，或者警惕着来人有什么敌意，故而狗视眈眈。就像我家门前的流浪狗，也许被吓习惯了，当我第一次安静地看着它而不是吓跑它的时候，边吃着午餐的它依然时不时警觉地转头看我，眼睛里充满害怕和委屈。

所以，当我推开吱呀作响的房门，门口熟睡的当当依然面不改色时，我多少有些欣慰，它没有猛地抬头对着我面露惧色，这让人觉得亲切，就像深夜里有个人给你轻轻地盖上被子，你突然醒了，却不睁开眼睛，似乎想在梦中回味这一丝感动与温暖。幸福的狗狗呀，它们在阳光下享受着每时每刻的安心。

现在想想我们自己，还记得上一次沐浴在阳光下是什么时候吗？有多久没有安心地好好地睡一觉了？是不是对周围的一些人、事、物怀着恐惧？担心自己身处的环境并不安全吗？每天忙忙碌碌为未来奋斗的你，是否觉得幸福了呢？那些简单的幸福，你错过了多少？

无论如何，请你一定要比狗幸福，至少，和它一般幸福吧。倦之所至，便以天为盖地为庐。身边是亲爱的人，头顶是暖暖的阳光，你安心地睡着，一阵风吹来，有人给你披上薄薄的被子，你闭着眼轻轻地把它拉到颈部，蜷起身体，笑着继续刚刚的梦。

美丽世界的孤儿

9 月了，山里的孩子要开学了吧。客栈外堆满了从全国各地寄来的物资，宾玛大哥说要等他送客人到拉萨之后，才能回来把这些东西运到各个学校分发给孩子们。可惜等他回来时，大概我也已经离开了。

9 月了，安静的客栈忽然热闹了起来。豆瓣上认识的小吉子终于来了，还带来了她的伙伴周军以及在丽江认识的一对夫妇——强哥、宋姐。接着是一个不知来自哪里的小伙子，我们叫他小刘哥。他伸出自己的双手，展示着被大理环洱海时灼热的阳光晒伤后酒红色的皮肤。最后，是两个年轻的姑娘，小燕和佳慧。她们托着一个装满文具的密码箱，从江苏苏州到云南泸沽湖，为了亲手把这些礼物送给一所希望小学的孩子们。

9 月的某一天，客栈里一个人也没有。因为在我们的请求下，宾玛大哥的弟弟丹都大哥决定带我们一同去那所希望小学——中国水泥希望小学，把这份千里迢迢而来的爱心带给他们。丹都大哥开着那辆接送客人的面包车，载着我们，一行八人，出发了。车子离开泸沽湖，到达宁蒗县，我们一人吃了碗面当早餐，准备上山，去往这所小学所在的村子。上山的路十分崎岖，坑坑洼洼，几乎没有一处平坦。来往的车辆极少，因为路太窄，偶尔有一辆车迎面开来，其中一辆一定要先退到旁边的一块空地上。丹都大哥说很少人会来这里，山上的人也几乎不会出来。他又说了什么，我不能认真去听，只觉得胃里一阵阵翻腾。车里很安静，大家都皱着眉头，面露难色，出发时的期待在这样的途中消失了大半。我想，怎么会有这样的路，这是去学校的路吗？而其实这样的路还不算是最差的，至少汽车还能开进来，还有的学校甚至车开到一半就得停下来，物资由马驮着，而人则只能徒步前往。

车到了山顶，辽阔的视野和刚刚狭窄的道路天差地远。脚下是无边的草场，远处是更高的山，我们终于到了。下车后，还没来得及望一眼山顶的景色，孩子们已经在校门外站好，等着迎接我们。二十多个孩子，二十几张黑黑的小脸，睁着羞涩又好奇的眼睛，我像得到了一份意外的礼物，不禁欣喜。坐落在偌大草场一角的校园，就像是一处村民的家，没有操场，简单又简陋。可是当孩子们奔跑向这片草场的时候，我羡慕地看着他们的身影，他们不仅有操场，而且那操场比我见过的都要大，大得怎么跑都跑不完。

一旁的校长向我们一一致意，大概是没有想到来了这么多人，看到我们，只是笑着，不知道说什么好。我们把箱子从车上提下来，放到学校里的空地上，每个孩子都用双手接下我们手上的礼物，一个装好了文具的笔袋、一套练习本、两本便签本。拿到礼物的孩子们开心地笑起来，互相小声地分享着彼此的快乐。大家都迫不及待地打开笔袋，看到里面各种各样、五颜六色的笔，便认真地数起来。他们不好意思说"谢谢"，只是轻轻地点着头，因为还不能流畅地说普通话，不敢开口。

从苏州来的小燕和佳慧是《苏州日报》的记者，她们这次的爱心之行还受到了单位领导的大力支持，领导希望她们能收集更多的信息带回去。我们跟着校长参观了他的卧室兼学校的仓库，那是一个堆满了书和杂物的小房间，一张床和一张办公桌搁在角落，乱糟糟的，像很久没有用过似的。房间里走进三个人便觉得有些挤，一个女孩和校长并排坐在床沿，另一个端把椅子坐对面，我和小吉子站在她们身后的过道上，听着她们的采访。这时我们才知道校长姓邱，家就在附近的村落。邱校长是学校唯一的老师，教着学校仅有的一、二年级，共27名学生。艰苦的条件，微薄的工资，六年了，他依然默默坚守在这里。

孩子们把礼物收起来，小吉子拿出一个小本子，问他们叫什么名字，还把笔交给他们，让孩子们一个个把自己的名字写下来。既然不敢说出来，那就写下来告诉我们吧。一群孩子围着小吉子，等着轮到自己在那漂亮的本子上写下自己的名字。我去拍他们写字的样子，一个小女孩低着头，长长的睫毛甚是好看，她握笔的姿势那么标准，一笔一画写得工工整整。我看了看那本子，沈阿加、王阿火、邱比古……一个个名字像他们一样淳朴。还有些孩子还不会写自己的名字，认真地写了自己的姓，就不好意思写下去了。

写完后，小吉子说："现在我们来玩游戏好不好？"一双双好奇的眼睛害羞得不敢回答。小吉子是一家公益机构的培训人员，经常接触学校教育这一方面，带着孩子做游戏可谓得心应手。顿时，我们好像都变成了她喊着的"小朋友"，全都听着她的口令，一会儿排成两排扎马步，一会儿手牵手转着圈，一会儿围着坐在草地上丢手绢。孩子们很害羞，男女生自动分开来，不敢坐在一起，更不好意思牵手。玩丢手绢的时候我们就鼓励女生把手绢丢到男生后面，男生发现了便一脸腼腆地起来去追那个女生，若是追不到，那女生就坐到他原来的位置，自然而然地穿插到男生的地盘去了。在游戏中，我们欢乐得像孩子，而那些孩子也渐渐不再拘谨，笑得像花儿一样。宋姐在一旁全程录像，我拿出相机捕捉那些天真的笑脸，他们不再胆怯，送给我的都是一朵朵绽开的花，好美。

中午要开饭了，孩子们拿着自己的碗纷纷跑向草场的一个角落，一人捧抱着一个碗开心地向站在校门口还摸不着头脑的我们跑来。原来那里有条小溪，为了节约学校的水，他们要去小溪边把碗洗干净了再回来装饭菜。校园的空地上，孩子们正排着队，左边放着一个大大的饭桶，一个大姐正在给孩子们打饭，右边一个灶上起着一个大锅，校长则拿着大勺在每一碗饭上盖上一勺子的菜，这便是他们的午餐。校长说，这是国家补助的免费午餐，他不能占去孩子们的份额，孩子人虽小，饭量却挺大，得先让孩子们吃饱了，他再吃剩下来的。有时不够吃了，他就只能靠吃泡面充充饥。大锅里单调得只有一样白菜，夹着些猪肉，而对于他们来说已经很满足了，因为每周只能吃一次肉，而今天的饭菜便是一周中最丰盛的一餐了。看着天真的孩子们一脸幸福的样子，我想，这对于我们来说不就是一份最可贵的礼物吗？

装好饭菜的孩子们全蹲在地上吃饭，几个女生围在一起，把饭碗放在地上，拿着勺子大口大口地吃起来，几个男孩靠着教室外的墙壁，边吃饭边看我们，乐呵呵的。教室里有桌椅，但是他们不到里面吃，因为他们知道，教室是读书的地方，他们懂得，要珍惜来之不易的课堂。一个个饭碗分散在空地上，孩子们并没有因为我们在一旁而不好意思，也许是真的饿了。我们就这么看着一大锅的菜分到孩子们的碗里，看着整个空地上蹲着的小身板，看着校长还守在大锅旁为他们加饭添菜，却不能再多做些什么。校门口，小刘哥撑着一只手站着，他没有走进来，就在外面看着，若有所思。丹都大哥提醒我们该下山了，校长很抱歉不能留我们吃饭，不是因为饭菜不好，而是担心孩子不够吃。其实丹都大哥不用说，校长不用说，我们也了然于心。既然我们是怀着爱来看他们，又怎么能反而成为他们的负担。为了不打扰孩子们享受幸福的午餐，我们没有和他们说再见，只是握了握校长的手，便直接上了车下山去。校长目送着我们，孩子们吃饭的一幕印在心里，眼前宽阔无边的"大操场"让我流连。

回去的车，依然颠簸在那来时的山路上。车上的我们依然安静得没有一个人说话，没有人再盯着那艰难的小路，只是各自低着头想着什么。我知道，并不是一路颠簸让他们疲惫得说不出话，而是这一行看到的一幕幕，让人想要思考得太多太多，是那些可爱的孩子，让我们彼此沉默不语。

那是一个美丽的世界，很少人会来到；那是一群孤独的孩子，他们渴望更多的关心。单是一所学校，要来一次就已很艰难，更何况是宾玛大哥手里的 26 所希望小学。客栈外依然摆放着那些来自天南地北的善心人士寄来的物资，而对于宾玛大哥来说，从拉萨回来之后，这必然又是着手要去办的一件繁重的大事。

多希望散落在那些偏僻的、我们没有去过的村庄的孩子们，能保持着这样的朝气，奔跑在那片属于他们的宽广草场上，享受着从头顶辽阔的天空倾洒下来的清澈阳光，始终坚强而微笑着。虽然饭菜很简单，生活很艰苦，但是他们过得很开心、很满足，这才是最可贵的。我想，正是因为这样纯真、稚嫩的笑容，才把我们感动到无言。是他们带着我们玩游戏，是他们带给我们满满的幸福感，是他们告诉我们快乐那么简单，是他们送给了我们一份最美的礼物。

车还在颠簸，我的内心却是平静的。此时此刻，我们的脑海中一定都是那些孩子的笑脸。他们真美，像那校园一角盛开的格桑花。

第二章
在大理，看云淡风轻、花开花谢

来过大理的人，不能不带走他的眷恋，

不愿离开大理的人，不能不留下他的心安。

生活在别处，

那别样之处又似多少人魂牵梦萦的故乡。

爱你一如爱我的故乡

鸡鸣狗叫，这是大理天亮的声音。可是当华灯初上，鸡鸣不再，鸟也归巢，依然还有一声又一声的狗叫声在告诉你夜色的无比寂静，告诉你四下无人，早睡早起，迎接明天那 120 公里的环海骑行吧。

清晨的大理古城看不到几个人，居住在这里的人都起得不太早，甚至有些店也开张不规律，老板要是突然想骑行、登山或是露营，纸条也不必写就关门大吉。没有客人会抱怨，想投诉也找不到人，今天不开，明天再来吧。幸好租车行不会，否则要被一众想要骑行的游客敲破大门。

一个月的义工生活马上要结束了，拉上同为义工的小威来了一场洱海骑行。因为自己不会骑自行车，只好千求万求，这才求来了旅舍里唯一一个愿意和我骑双人协力车环绕洱海的男生。全程 120 公里的骑行，中途羡慕地望着多少专业骑行者从我们身边"刷"地过去，小威一度坚持不住要搭小巴回古城，被我的一句一句"加油"劝住了，可不能当了逃兵被笑话。后来慢慢才发现，能在一天之内环完洱海的人不在多数。

洱海非海，不过一个像海的湖。它和泸沽湖一样，被村庄景致环绕一圈。而相比泸沽湖环湖公路的弯曲坡陡，洱海岸边的环海西路却是平坦宽阔，非常适合骑行。坐在自行车上回望身后渐渐拉长而远去的道路，无比宽阔的视野，让我想起《练习曲》中的台湾环岛旅行，现在的我也许就是一首未来环岛的"练习曲"。

迎面吹来的海风，使得路边晾晒着的小鱼的味道扑鼻而来，全身铺满了家乡的味道，仿佛看到童年里，爸爸出海的渔船在夜色中亮起微弱的灯光，等待船渐渐靠岸，一筐又一筐的小鱼虾被抬到沙滩上，这时候早已等候着的妇女小孩们一拥而上挑挑拣拣，而我也拿着个小篮子挤在大人们中间，一同围在一大筐大大小小的鱼儿旁，挑选着今晚的晚餐。

原来回忆是一种味道，不经意闻到时，竟也是垂涎三尺，还带着深深思念。而我的童年也是一种味道，那是香香的鱼腥味，那是只有在海边才会闻到的味道，那是家的味道呀。别人不敢碰触的滑溜溜的生鱼，我竟是看着也要咽口水，这就是海边儿女古怪的嗅觉吧。虽然我们那么渺小，有时还会变得狭隘，但是总是有那么一个叫作家乡的宽广胸怀在拥抱着你。或许每个人都是一种味道，或许我也只是那道沧海一味，不经意飘到大理，飘到洱海，这才找到了原本的归属。

骑行洱海和泸沽湖的感觉截然不同，环湖公路一侧是高山一壁，另一侧向下望才是美丽的泸沽湖，而在环湖过程中，仅仅那一面泸沽湖就足够让人倾心不已，挪不开视线，任谁眼里都容不下其他。但在环海西路上，一望无际的天海相接，道路两旁满眼又黄又绿的稻田，还有农民们驾着拖拉机收割的身影，都让人驻足。刚刚骑过白族居民小院，流连不前，接着一个大转弯，深闺女儿般的院子隐入山的另一面，这时宽阔的洱海展露碧波一角，让人心情又变换了一种爽朗，等待一大片海洋一点一点地在眼前铺展开来，迎面又是一阵阵的海风，飘来咸咸的香味。

我们停下来和路边一位打完了鱼的大爷拍照，拍他收获到的鱼儿，也拍他脸上被皱纹遮起的笑。那种印着岁月的脸上好像笑出了花，每一道纹线都是花瓣的边角，让人心满意足。我们不停地迷恋路边那些看不完的格桑花，每一朵都是那望着远方等待情郎的淡妆伊人。我们和每一个骑行而过的男孩女孩打招呼，用中文，还有英文。我们像没见过田野的城里孩子，望着大红色的收割机和黄绿的水稻出神，感动着大自然不经意的馈赠。我爱上和擦肩而过的人互相鼓励，甚至一个微笑就可以融化陌生人之间冰冷的分割线。一路骑行一路拍的我们，最后竟然也被路边看风景的人当成风景街拍了一回。当那位姑娘拿起相机对着我们的时候，我俩特别自觉而默契地齐齐看着镜头竖起小树权，自行车依然缓缓前行。

下午五点多，我们骑过一大段荒无人烟的山山海海后，终于又看到了一个小村子。恰逢学生们放学，一群学生整齐地沿着公路靠右走。经过他们身边时，我回头拍这一排整齐有序的学生，有人朝我们招手，其中竟还隐隐听到有人在喊：加油！受到陌生小朋友的鼓励，我们得到了更大的能量。放心吧，哥哥姐姐一定会加油的。

过了六点后，天渐渐暗下来，尽管我们下午一直在赶路，还是来不及在天黑前到达古城。从环海公路出来，在一段非常长的公路上摸黑前行，不知尽头在哪儿，不记得相互说了几次"加油"才看到前往大理古城的路标，终于舒了一口气。前方是比公路更艰难的乡间小道，小道坑坑洼洼，乌漆麻黑，附近家犬狂叫，我们开着手电筒没敢停下来。前面一辆摩托车向我们这边开来，三个男生，因为不放心脚下的路线，顺便问了一下他们这条是否是前往古城的路，他们说是。摩托车已向后开走，我们大声朝身后喊了声谢谢，开摩托车的男生又喊了一句：小心一点。黑夜中，我们甚至看不清对方的脸，可是这四个字听起来却那么亲切。爸妈说过，哥哥说过，妹妹说过，朋友们说过，这下子，我不知道更像是谁说的。也许都不像，那是一句江湖上的"后会无期"吧。

顺利回到旅舍，我忘了坐久了自行车的屁股还在隐隐作痛，只记得这一天碰到了好多熟人，他们都笑着跟我说话，好像刚刚知道我回来了。

要是还有人问我为什么如此喜欢大理，我要说的不是这里有多么独特，而是因为它像我的另一个故乡。亲切的人，熟悉的海，简单的生活。一如那乌瓦白墙的大理白族院落，屋内花开满树，屋前石桥流水。又如那干净而宽敞的街道，像是用无数条石头做成的长毯平坦地从东到西、从南到北，以微小的坡度铺下去。再如那由若干个"井"字规则地拼凑成了大理古城，而有意思的是，最不守规则的人却喜欢在这个宫格里东西南北规则地来来回回，日复一日，不厌其烦。我们都慵懒地把这里当成了家，扔下行囊，叫上好友去街边最熟悉的那家店，吃一碗麻辣烫。来了便不想走了。

史铁生在《消逝的钟声》一文中说，人的故乡并不止于一块特定的土地，而是一种辽阔无比的心情，不受空间和时间的限制。这心情一经唤起，就是你已经回到故乡了。离开大理的我还会时时和那里的朋友们聊聊天，他们最后都要问我"什么时候回来"，而不是"什么时候再来"。再去时也不需要欢迎，因为我们都把自己当成了这里的人。

故乡是一个你再熟悉不过却一辈子都不会厌烦的地方，那些走过无数遍的山头、海边、街道，每次回家就算再懒也还是要刻意去走一遍，否则等于没回来；再多的美食，在离开之前一定要吃个遍，否则等于没回来；再亲的人，若没有面对面坐下来好好说说话，没有在回来和分别的时候来个拥抱，等于白回一趟。辽阔无比的心情是海上航行转过最后一道弯后呈现在眼前的海边村庄，是站在白族院子天台上那尽在眼前的苍山、古城、洱海，是一种从思念里飘出来的熟悉的味道。

抬头一瞬 即是永久

众所周知，云南被称为"彩云之南"。可是到云南旅游的人，却不常有人抬头望那南之云彩。正如那首《彩云之南》，歌中提到了玉龙雪山、秀色丽江、蝴蝶泉边、泸沽湖畔，却独独不唱那变幻莫测、多姿多彩的云。明明是一首好像要写云南之云的歌，却只在开头做总结之用。而那些游客也正落入歌里的一丝俗套，马不停蹄地逛古城、爬雪山，哪里有人愿意用那宝贵的时间去看那云卷云舒、流水行云。

三次来到云南，去时是为了那片蓝天上的云，走时思念的还是它。大理的苍山上、洱海边，随处随地的头顶上，云的形状皆不相同，甚至是上一秒与这一秒，都能清晰地看到它们的分离、相容，再分离、重组。清晨、正午、黄昏、黑夜，云的色彩也在红黄灰白之间自由变幻，使人甘心长久地待在天台上，守候着那一片金黄退去，悄露红粉，红粉淡延开去，变成一条越来越长的绢丝。人们在前往云南的火车上，最先感受到彩云之南那份气息的亦是抬头一望的蓝天白云，那便是云南的使者。

一个不久前才来过大理的朋友看到我拍的照片后，惊讶又后悔，说自己在大理待了三天，竟没有抬头看过天空，这才发觉自己错过头顶苍穹多少风景。我笑笑，并不安慰她，因为这确确实实算是一种错过了。

生活在大理，最爱的事莫过于抬头看云。随时随地，不费吹灰之力，便可将一切景致收进眼底，融化进心。早上上班时，因为要擦拭外头的两张桌子和四张凳子，便可趁机望一望苍山，看看今日的云又是如何。晴天时那云就像镶上了金边似的，每一朵都饱满盈润。阴天时则是灰白镶嵌，错落有致，像极了电视里的天气预报。有时全部集中在一起成了一条长长的纤柔白布，横着披在苍山山头，又像是结了层厚厚的冰。有时大朵大朵的云把苍山遮盖住，唯独露出那一处山尖，像悬在半空中的天空之城，壮观得令人不舍离开，还要呼朋引伴一起来欣赏。

闲来无事的午后，也喜欢坐在复兴路上的长椅上，不顾街上的人来人往，只是望天。看着那云踢踏着小脚在快速地奔跑，和别的云朵撞上了，融为一体，又彼此继续向前，分道扬镳，整个过程不过数十秒。大理的云多有一种鹰击长空的气魄，无论形体如何变化多端，总是保持着向前而倾的姿势，像厚积薄发之后收起翅膀的大鸟，扶摇而上。街上的人极少会停下来看云，只是进进出出那银饰翡翠店铺，或左顾右盼，路过而已。只有那时刻准备拍照的人，或许会偶然发现头顶的奇观。

夜晚，天空的美便因了这暗夜张扬起来。那一片蓝天因为周围的黑暗显得更蓝了，连云都沾上了蓝光，一丝妖媚透出，又带来一丝珠光宝气。它们俯身温柔地看着古城里熙熙攘攘的人群，一会儿变成调皮的棉花糖，一会儿化成一颗博爱的心，夜夜追逐着月儿。清晰夜空里清晰的云朵，令人赞叹而流连。

而泸沽湖的云和大理的相比，又不尽相同。那云不能说是在天上，而应该说在湖边，甚至连天空都是围绕着湖而存在。人们不需要抬头，只是坐在湖边顺着湖水望向尽头，那天际线之上，定是蓝天白云。

　　天气晴朗之时，蓝天白云自然倒映在水中，完美无缺。偶然和朋友一同经过一处山坡，草长莺飞，芦苇摇曳，眼前广阔的天湖一览无余，像宫崎骏的动漫里那安静恬然的乡村田野。风轻云淡，那湖畔的云悠然得好似一叶一叶的扁舟，悬在湖上缓缓而行。草丛里一顶竹编帽，不知谁人掉落，自由地躺在草丛间，不失山间僻壤的自然舒畅。和朋友在草间而坐，看云卷云舒，看如镜湖面，像进入了画家的田园画里，像身在宫崎骏的动漫电影了，自倾自羡般欢喜地约定不去向他人透露这一视野无限无垠的静处。

　　然而天气阴沉之时，谁又能说泸沽湖便黯然失色。黑云压着湖面，转身一甩便铺展而去，仿佛一幅壮丽柔美的泼墨山水画。环湖公路上的人们着急地奔跑起来，那雨点似听到那脚步声，立即追赶上来，瓢泼大雨便淋漓而至。躲雨不及，只能先将衣帽戴起，双手挡起，一边奔跑一边还要欣赏湖景。远处，静水不静，青山不青，白云不白，全都融为一团墨黑。难怪泸沽湖的宾玛大哥自豪地说，泸沽湖阴晴风雨，各有各的美。

　　但在我看来，泸沽湖最美的还是那湖，甚至是云南之最美。而大理，却是名副其实的彩云之南。

　　久居大理的人想必没有不倾情于那彩云的，如我，见到它便知回到了另一个故乡，如小C，是云把她带到大理来的，如那个来自北京的男孩，把十天的长假都"浪费"在大理，想必也有那云的功劳吧。纵使世间有多少风景让人眼花迷乱，追赶不及，总有些东西是人们或走或停，只要抬头便可拥抱于心间的。

有时，你以为抓紧了充实的却不过是云烟，你以为不必浪费时间的恰是永恒。

彩云之南，最美不过抬头一瞬，即是永久。

致青春里美丽的遇见

今天是正式结束工作的第一天，却依然忙得没有时间写完要寄出去的明信片，因为我总觉得写明信片需要一个上午的时间，然后再用一个下午的时间出门、慢走，看到路边的椅子再坐一会儿，核对一遍明信片上的地址留言，等到看够了头顶的蓝天白云，再起身走到邮局门口的信箱前，轻轻慢慢地放进去。这时候，这件重要的小事才算完成。远方的姑娘们，这份祝福你们一定会收到的。

2012年11月10日，我在大理开始了打工旅行的第一份工作，那是一家面包店，叫作"香草甜心"（sweet vanilla cafe）。这是一份很正式的工作，每天按时上下班，一周一休，每个月固定10号发工资，可是散漫如我，由始至终，从来没有把这当作一份工作来谨慎对待。或许在心里，这只是另外一种旅行的方式，另外一种疯癫狂野的方式而已。不在乎工资会不会变高，不在乎能不能升职，不在乎老板是不是看好你，不在乎顾客脸色，唯一在乎的是自己在这个过程中是否欢喜、是否无拘无束，如果现实不允许我这样，或许我会离开。

店里每天朝夕相处的同事中，有两个女孩同样是旅行至此，不愿离开，干脆找了份工作留下来。与我不同的是，她们之前都是有着稳定的工作、稳定的工资，过着稳定的生活。其中一个女孩小莫来自江苏南通，瞒着家人辞掉了在南京的工作，一个人来到大理。每次家里来电话时，她就要把地理模式转回南京，"对啊，在上班啊。""是啊，今天休息啊……没干吗，就在家里啊。"因为我们的休息时间是周一到周五中的某一天，所以在电话里，她必须得在休息的时候假装上班，接电话时还得知道今天是周几。记得她说，有一回，她爸爸打电话来说："南京那边下雪了啊，多穿点衣服啊你。"她惊吓得没敢多说话，就怕自己露了马脚，挂了电话，赶紧问在南京的朋友那边的天气，果然下雪了。国庆节的时候，她买了张机票飞回家，因为她爸说这么久没回来了，国庆就回来呗。她想，要是不回去的话，搞不好她爸妈会到南京看她，那就完了。回去之后，她爸爸见了许久不见的女儿，吓了一跳："你去非洲了啊，怎么黑了这么多。"她又装作好像不知道自己有多黑。我说："你这样瞒得住吗？还是告诉你爸妈吧。"她说："神经病啊，告诉他们，我就别想出来了。哎呀，管他的，能瞒就先瞒着呗。"这就是我见过的最没心没肺的姑娘。

或许正是因为她没心没肺的性格，才有了十足的好人缘。而我，也喜欢和她玩在一起，甚至觉得她认识的朋友一定也这么潇洒。大理古城人民路上一整条街的摆摊人她几乎都认识，走两步要打个招呼，走十步就要在人家的摊子旁坐下吹吹牛，大声聊上一会儿。有一次，我跟着她来到一个她常常混迹的摊位，聊了一会儿，发现这个摊主居然是我的老乡，我惊喜地对她说："他是我老乡啊，你怎么不告诉我。"她也很惊讶地说："你们是老乡啊，我怎么会知道。"好吧，同是天涯沦落人，相逢何必曾相识，叫得出名字就好，何必问明来处。况且有时候，互相介绍时说出的名字都不过是个代号。

一起上班时，我们一唱一和，总有说不尽的话题。等到一起休息的时候，我们就常去一家叫作"风雅陶笛"的陶笛店和一家叫作"印象大理"的非洲鼓店。听她说曾在这家陶笛店上过三天班，虽然辞职了，却和店长浩子成了好哥们儿，之后也常常来玩。浩子是个腼腆的男生，遇到她这个豪放女，好像变成一个很听话的孩子。看她来了，就问："要不要帮你拿？"然后就帮她从柜台边上的一个盒子里拿出她"专用"的陶笛，是价格最贵的那种原木十二孔款式的。她习惯地接过那个专属于她的陶笛，大方地对我说："你也去挑一个。"丝毫也不介意旁边还站着店长呢。我和浩子被她的随意逗得乐起来，相视一笑，不用自我介绍，也变得熟络起来。他走到一排陶笛展示柜前，给我挑选了一个苹果绿六孔 C 调的陶笛。之后每次来，我都用这个亮眼的苹果绿，学起了那首每每经过店门前都会听到的《故乡的原风景》。很好听的一首陶笛吹奏曲子，可惜被我俩吹成了永远……永远都是半吊子。

不想吹陶笛的时候，我们还会到同样在复兴路上的"印象大理"玩非洲鼓。店里的店员是一个大理姑娘，叫小段，打得一手好鼓。当她叫"哎，小莫"的时候，一股江湖气息，好像真的跟段王爷颇有渊源。小段看见小莫带了一个朋友来，不用介绍，就说："你们随意啊，我去给客人介绍一下。"说着就随手拎了个鼓，和店里的客人边介绍边"咚咚咚"敲起鼓来。灵活跳动的手指和辽阔的鼓声像是小段的个人演出，和那些游客格格不入。我得意地看着小莫，没想到居然有幸大摇大摆地来到这个张望了很久的店里打鼓。我们各自把一个价格不菲的非洲鼓挪到自己脚边，跟着小段放的音乐，学着小段打鼓的手势节奏，结果也敲得有模有样。这时候我们常常忘掉了时间，嘴角乐开了花，还会吸引来路人的回眸。也许是我们看起来快乐得像两个简单的傻瓜，敲起鼓的我也变得像她一样：管他的，看就看吧。

　　相同的地方，不同的人来到这里，会有不一样的感受。每当听到别人说来大理"一点也不好玩""一般般"这样的话时，我一定也不惊讶。因为她们没有遇上有趣的人、好玩的事，没有在这个地方和自己的好朋友实现一些小梦想。而旅行，也常常会因为这样而变得非常私人，有些心情并不能像那些好玩的、好吃的，可以任意分享、轻易接受，所以才能在千篇一律的风景中找到属于自己的足迹。即使是像小莫和我这样做着同样一件事，也未必会是一样的足迹。她有她的洒脱，我有我的自由。而那个简单的她，没心没肺的她，对于我，就是一道难忘的风景。

而另一个女孩阿蓉，来自江西南昌，是一名幼师。因为男朋友想来大理，她便毅然辞职，陪着他一起来了。说起自己的义无反顾，她也曾摇着头，掰着手指数着因为来大理损失了多少钱。她说："你看，我们租房的押金没了，唉。还有我一个月的工资，因为没做到月底，也没了，啧啧。都是钱哪。"可是谁让她跟上了这么个爱自由的男朋友呢，虽然没拿到该拿的钱有些可惜，但我知道，她并不后悔。因为，如果当时她坚持想等到月底拿了工资，安排好了一切再走的话，或许等到万事俱备的时候，那一份冲动却消失了。而她，已经开始享受在这里的生活了。大理的院子，院子里数不清的花，家家户户门前的小河流，全被她看成了另一个留恋的故乡。

　　一起相处两个月后，慢慢发现这个据她自己说，被大家认为不爱笑的女孩，她的笑容会那么美。还记得她经常对我说："秋，你真的好爱笑啊。我就不太会笑。"因为我只要走进店里，看到那些同事们，就不知不觉变得很开心，而她们自然也会笑着回应我。而她，常常以一副嫌弃的表情讲述一件奇葩的事情或者一个奇葩的人，通常和自己的男友有关，直到把我们逗得哈哈大笑时，她才觉得似乎挺有趣的，也跟着笑起来。当大家知道我要辞职回家的时候，她笑着说："等秋走了以后，估计就能达到店长所说的上班不开玩笑、保持安静的要求了吧。"我说："只要有莫亚飞在，店里是不会安静的。"其实我们都忽略了，她已经变得比我刚认识的时候幽默了许多，开朗了许多。即使我和小莫都走了，依然还有她一脸嫌弃下奇葩的人和事。

我们，那么相似，又那么不同，同在大理，却来自天南地北。你有你的故事，我有我的故事，可是是命运，让我们彼此分享了这一切。性格倔强的阿蓉说自己从来就受不得委屈，不会对顾客低三下四，而即使是我和小莫那样没心没肺的人，谁又愿意受低三下四的委屈呢。只是我们都学着去化解，像三毛所说的，无须克服，而去化解。所以，并不是你做得不好，恰是你做好了自己。在我认识的许许多多的女孩子中，大家性格各不相同，做着各不相同的事情，可是我却常常想，这些都是多么美好的姑娘啊。因为她们都那么心地善良，那么自尊自爱，那么骄傲地盛开，又那么谦卑地渴望有人来欣赏。所以若是想到谁结婚了要生小孩了，就感动得想流泪。想到谁还没有男朋友，可是终有一天会投入一个男人的怀抱，又要伤感一会儿。可是姑娘啊，不管以后我们都挽着哪个男人的手臂，请让我们都依然属于自己，一个独立而善良、骄傲而谦卑的自己。我们怀着爱，却不为爱放弃自己。

2013 年 1 月 10 日，我结束了两个月来最后一天的工作。深深浅浅的不舍，夹杂着几张深深浅浅的脸庞，有人哈哈大笑，有人腼腆轻笑，有人一上班就苦着一张脸被我调侃，有人则永远一颗心飞在工作之外。我依然没有想到要从工作中学到什么工作经验、经营理念等，光把一颗真心赋予了这些可爱的人们，同时也收获了很多真心。或许我们都预想到未来可能不会再见面，所以在离开时忍不住一再拥抱，又在再次见面时，脱口而出那么真切的想念。

未来，我们都会成长为这样那样情愿不情愿的人，其实没有谁是真正属于谁的，但最后谁都莫名其妙完整了你，丰富了你的人生，不管你爱或不爱，都请感谢他/她，因为这些，都是美丽的遇见！

去搭讪一只大理的狗 来当你的朋友

　　他们一家，至少我见过的，应该是八口人。他们常常在晴朗的夜晚出来散步，偶尔会来我所工作的面包店买面包，而且是批量购买。要说的是，这八口人当中有五口其实不是人，而是五只品种不一、模样各不相同的狗，两只金毛，一只拉布拉多，一只狼狗和藏獒的混血，还有一只被主人称为中华田园犬的大理本地土狗。这五个家伙站在一起的时候，阵容何等霸气，吸引着多少路人的目光，当然也包括我，竟然像一位母亲见到许久未见的孩子们，差点要潸然泪下。

　　真的好久不见了，从去年冬天直到现在，我已经是第三次来大理了。还记得去年第一次见到它们时的那种惊喜，尤其在夜晚，给人一种误入他境之感。虽然在大理，每天都能看到各种各样的狗被主人牵着溜达，也有很萌很"庞大"的，但是一下子遛四五只狗的，并不常见。

　　那是一个很普通的夜晚，也是在这家面包店上班，当时也许我正数着面包的剩余量，也许还想着别的事，没有注意到橱窗外正有一群特别的顾客光临。这时忽然听到门口有声音，想是有客人来了，转头一看：一家子狗，很大只，模样各异，几乎挡住了门。顿时脑海中浮现出曾经看过的一部电影的场景：一群狗拉着雪橇在雪地上奔跑。忘了这部电影的片名，只记得情节很感人。门外的场景，让我仿佛看到了电影的现实版，好像正在重温着电影里的某些片段，甚至连感动都在延续。虽然那个夜晚没有雪，狗狗的身后没有雪橇，只有主人牵在手里的狗链，可是，在大理的皎洁月空下，门口光亮的一片地，真的很适合下一场雪，雪里有雪橇划过的声音和那望不见尽头的痕迹，空气中依稀还飞扬着狗狗们的奔跑声和那呼吸的白气。

时隔半年，我又来了，又碰到了他们。如果说第一次的遇见是梦幻的，那这一次应该是久别重逢，因为之前并不知道他们是常住在此。其实这一家子在大理经营着一家客栈，几乎每天都会来这里买吐司给客人做早餐，只是每次来购买的人都是客栈老板的妈妈，而我只有在晚班时才会偶尔碰到这一对夫妇，所以也不能经常见到这些狗狗们。

摸着金毛身上变卷了的毛发，好像抚摸着邻家许久不见的孩子，硬是缠着那些孩子的爸爸问东问西。比如狗狗的生育问题，"这两只金毛会交配吗？"这位狗爸爸特别坚定地说："不会。都结扎啦。"我想，要是再生下去的话，怕是要养不过来了吧。但是听到狗狗结扎这回事，还是心生好奇，公狗也要结扎？是的！另外，关于它们的身世，"这些品种不一的狗是怎么聚到一起的呢？"这时狗爸爸开始神采飞扬地介绍起他那五只来自五湖四海的孩子们。其中，公金毛是欧美血统，母金毛是日系血统，拉布拉多从台湾远道而来，也是日系血统，而最霸气的就是那只主人提醒"摸不得"的混血儿，它继承了狼狗和藏獒的血统，该是狗狗当中的贵族了吧，可惜它不像金毛那样温顺，想要亲近它可能还要冒着生命危险。然而就连那只最矮小，最不起眼的大理土狗，这位狗爸爸也给它取了十分陶渊明式的名字——中华田园犬，好一只特立独行的狗。

这时，狗狗们的妈妈正批量购买了好多面包在前台埋单，我想其中一定有它们的夜宵吧。因为深刻地记得上一次，她也是这样，匆匆进来，挑了同样的五个面包。当时我就好奇地问她："你这么喜欢吃这个啊？"因为很少人会特别喜欢这款面包，她居然一下子要了五个。

她说："不是我吃，是给我们家那五只吃的，今天没有带它们出来散步，觉得很不好意思。"然后就真的一副非常不好意思的样子。

什么？不好意思？对五只狗吗？没搞错吧？我觉得自己瞬间被感化了。

"那这些够它们吃吗？"想到那些狗狗肥硕的样子不禁问道。

"它们吃过饭了，这些是甜点。"她又笑笑地说。

什么？甜点？这一个四块钱好吗，居然是甜点？狗狗的甜点？好想哭，我每次也只是买一个而已。狗狗过得比我都幸福。

我想，他们已经超越了主人和宠物狗的关系，融合成一家人了吧。家里有爸爸、妈妈和孩子们。

大理，是我见过狗狗品种最多的地方，金毛、贵宾、拉布拉多、萨摩耶、牧羊犬，还有一些说不出名字的，甚至根本不认识的。在这样一个不算大的古城里，不仅有流浪狗收容所，还有几家宠物诊所。因为狗在人们的生活中，占据着重要的地位。有一次客栈里的小黑猫上吐下泻，我和一个大姐就带着它找到一家宠物诊所看病。我抱着生病的小黑猫，给它输液，左边的病床上也躺着一只正在输液的小狗，右边的椅子上一个大男生抱着他的大狗在等待就诊，因为狗狗不太老实，那个男生不仅要用力抱住它，还十分耐心地给它顺毛，使它能平静下来。医生看了看小黑猫，告诉我们说，这只猫送来得太晚了，只有通过输液，勉强还有百分之二三十的康复概率，如果能熬过这一晚就不会有生命危险。医生的话好像电视剧中那些医生常说的台词，我有些紧张，像病猫的家属一样。回去之后，我们把它的窝移到阳光下，时不时看一眼它的肚皮，是不是还在呼吸，晚上给它盖好被子，不能再着凉了，可惜，第二天，它死了。我们在客栈的附近找了一棵大树，在树下挖了个坑，把它连同它的小窝一起埋进去。"好可怜……"客栈的几个义工都在叹息，"它太小了……"

住在这里的人几乎不是养猫就是养狗，尤其是客栈，养只猫或者狗会更容易受到住客的喜爱，给客栈加分。不知道是不是因为悠闲的缘故，好多人都喜欢遛狗，像和朋友一起逛街一样习以为常。不管是早上的菜市场，还是傍晚的街头，都能看到有人在遛狗，若是遇到品种特别的、长得呆萌或巨大的，每一个游客经过都要回头羡慕一番再赞一个。这里的狗狗们很幸福，因为它们都是主人引以为豪的好伙伴。就像那五只狗狗一样，提起它们，那位爸爸的脸上堆满了笑，好像在说几个人见人爱的孩子。

听说，雪橇家族里的公金毛，今年 13 岁了，在狗的世界里，真是老当益壮了，可要是在人类的世界里，还是一个被宠着的孩子吧。不知道还会有什么样的故事发生，在这样完美的阵容里……

人生总要有点什么 让你为之坚持

　　今天天气依然很好，万里无云，除了苍山上还固执地顶着几朵之外。昨晚梦见自己因为视力太差，差到睁开眼，眼前的世界一片模糊。此刻，再看一眼天空，真的已经不像去年那么蓝了，要不是自己的视力下降，那就是被古城里面越来越多的烧烤店给熏的了。此时的阳光很不客气，直射进房间，赶都赶不走。明明就没有风，窗帘还故作姿态地微微荡漾，矫情。

　　咦？隔壁床妹子的被子居然叠得如此整齐，床头桌上的东西终于是收拾过的样子了，虽然看起来还是有些乱乱的。可是又有什么关系，她才17岁，虽然早早地步入上班族的行列，却还是怀着一股天真的傻气。而作为一个比她年长7岁的同事，我不去管她的床铺是不是一团狼藉，桌子上的小饰品是不是东一个西一个，也不嫌弃她半夜踢被子，小内裤都露出来了，更不去教育她，和男朋友出去玩不要到太晚，否则我就变成她老妈子了。少女不知愁滋味，不知有多好。

　　不过少女也有烦恼的时候，虽然听起来很像台湾偶像剧的剧情，但我还是很享受当一位知心姐姐，倾听少女纯真的秘密。她说男朋友要被他的父母安排去当兵了，然后就一阵"啊啊啊"在床上打滚。我说："当兵不错啊，不过这样的话你们就不能常常见面了。"被我说中了主题，她立马跳起来："是啊。我们可能一年只能见两次，万一我喜欢上了别人怎么办。可是当兵可以锻炼一下他，不会像现在这样工作都找不到。"说完又"啊啊啊"倒下打滚。17岁的妹子对待爱情能说出这么理性的话，有些令我刮目相看。我说："难道你决定以后要嫁给他啊？"她面露羞涩，认真地说起她的男朋友对她有多么地好。

她在初中的时候，就是个所谓的"叛逆少女"。她是家里的独生女，长得很漂亮，花钱大，那个男孩也是独生子，高高帅帅的，家庭还挺富裕，天天就追着她给她买吃的喝的，不想上课的时候就一起逃课出去玩，家里人也管不住。后来她上了一年职专就辍学开始找工作，钱不够的时候也是男朋友给她零花钱，男孩的朋友经常当着她的面对男孩说："你还是跟她分手吧，她不是真的喜欢你，就是为了你的钱。"说到这里妹子开始有些哽咽，眼里泛着泪花，她说："现在我男朋友没有工作，我赚的钱也是和他一起花，因为他不读书，父母也不会给他很多的零花钱，而且什么事都不做又向家里要钱也不好嘛。他知道我花钱大，所以发了工资都是交给他，然后他每天固定给我零花钱。现在他的那些朋友都跟我玩得很好，还说找女朋友就要找像李滟敏这样的。"说着破涕为笑，得意地把刚刚的泪水又倒回去了。在男朋友要当兵这件事之前，她一直在帮着他找工作，而且本来要被调到丽江店去，也为了他坚决要留在大理。他俩商量说未来可以开一家蛋糕店，所以这姑娘就申请从外场营业员转到内场学做蛋糕，为他们的未来做准备。

在我的同事中，还不止这一个小朋友，有时候我也想，这么小的年纪应该要在校园里的，这么早就工作也太残忍了，可是也许对于她们来说，在学校的日子并不会比现在快乐呢。看着她们把日子过得这样实在，有时我真的觉得像在扮大人过家家，每次听她们很烦恼又很认真地讲爱情故事的时候，觉得她们的烦恼也太好玩了，我的 17 岁最大的烦恼就是作业不会做。听的时候也不发表什么建议，因为知道这些烦恼等她们再长大一些就会发现它们其实什么都不是。看起来早熟的她们，其实都只是一个个纯真的小女孩。跟她们在一起，像大姐姐和小妹妹，更像是朋友，甚至有时还会被她们说幼稚。这些姑娘，她们有着属于她们自己的青春，也许有些苦涩，但也充满着快乐。她们同样很认真、很努力，并且懂得付出。

和这些爱折腾的小姑娘们相比，睡在我上铺的姑娘就安分多了。她来大理快半年了，在这个店工作不过三个月，前三个月在大理双廊，再往前的半年在三亚。昨天，她刚刚离开大理，因为上海一家有名的西点店通过了她的应聘申请，最近她一直在纠结是否要离开大理前往上海。她很静，名字就叫曾静，真静。每天下班之后，除了有同事约着一起吃晚饭，其余时间就是待在自己的床上拿着手机边充电边上网、看电视，有时看到什么有趣的段子台词，还会像个小孩一样自己说出来，不像是在和我分享，但是又只有我和她在一间宿舍里。我们都很喜欢窝在宿舍，像是两个旅行中的宅女，各做各的事。我没有问她在三亚旅行的事，她也不会问我之前去过哪里，彼此沉浸在自己的世界里。有时她的话也会很多，像碎碎念，那是在说她的梦想—— 一间烘焙教室，那也是我和她相处半个月以来听她说得最多的，时时刻刻在实现梦想路上的幸福溢于言表。

终于，她还是下定决心要离开。收拾行李的时候她整理了一部分用不到的衣物寄回家，箱子里有一捆彩色铅笔和一大本包得严严实实的画本，她说这个不能寄回去，怕运输的途中被损坏，所以即使有点重，也要自己带着拖到上海去。拿起她的画作轻轻翻开慢慢欣赏，大部分是她在大理双廊工作时的随手画，像一本日记。而自从换到这家店工作之后，每天上班都很忙碌，画画的时间也少了，那本画作变成了工作笔记，写着许多蛋糕的制作配方，不过她把制作的步骤由文字变成线条，画了一遍。

年轻的资本就是还有很多尝试的机会，还有无限的可能，不要等到老的时候，才来说早知道那时候如何如何，现在来不及了。那些跟着心去走的路，也许不会对你未来的人生有所帮助，但也许会成为你最珍惜也最美好的回忆。虽然这一路不会顺利，但我没有见过因为梦想路上的困难而抱怨的人。

宿舍里木制的衣架子，终于还是挂上了几件衣服，因为之前一直习惯把衣服放包里，和刚来时一样，好像随时准备离开、出发。而这一次，我是不是可以不用再走，就此安定下来了呢？可是别人的出发总是在拨动着这一颗冲动的心。旅行的人也是会迷茫的，只要还有丰满的梦想，只要还有骨感的现实。把自己缩在一角，像是要过滤掉所有不属于你的东西，最后，只剩自己。没有欲望，没有占有，没有不舍，没有悲伤，像一棵树、一朵花、一条河。然后，把自己缩成一个看不见的点。你看不见我，但我，看得见你，清清楚楚。金子也是要去挖的，馅饼也不是从天上掉下来的，一切都没有那么顺利，但是我愿意。

耳机里依旧在循环奶茶的《Yes，I Do》，五月天玛莎制作。玛莎说得对：不要再唱什么一辈子要孤单的歌了，这才是你现在应该要唱的歌。大概奶茶听了他的话会尴尬地笑出来吧，原来当初的自己已经不知不觉走了这么远的路了。可是，也许她还会继续唱一辈子要孤单的歌，因为谁都忘不了那个最初的自己。一个人，可以不聪明，但只要你用心，会发现勇气和坚持比聪明来得更重要，尽管这一路会走得有些笨拙，还会被别人嘲笑，不过别伤心，因为那些人除了嘲笑之外，什么都没有。

在我看来，没有什么比那些安于现状并且喜于现状的人更值得让人羡慕的，他们喜欢当下的自己，所以遇到困难的时候不会去怨天尤人。他们可以随时出发，去寻找另一个自己，所以就算跌倒也不会后悔。如果有人问你：你喜欢现在的自己吗？你会怎么回答。是喜欢的人多，还是不喜欢的人多，或者根本不知道要怎么回答的人比较多。想想看，有多少抱怨其实并不是因为困难有多大，而是你的不愿意。

So nice! To meet you。那个迷茫的你，那个自私的你，那个感动的你，那个勇敢的你，那个不去考虑未来但充满希望的你，那个愿意就这样平淡的，没有波澜的，去盛开的你。关于我的未来，我看得见，你看不见，恰好我又说不清道不明，那就废话少说。

Because，I do.

第三章
拉萨就在附近，去逛逛吧

走在路上，我们经过一个又一个地方。

那些地方，曾是你我的方向。

前方的人们啊，一个个匍匐前往。

他们所向往的，是心中的天堂。

一个你无法到达的地方——香格里拉

10 月初，在福建也许还只是夏天的尾巴，国庆过后，秋天才姗姗来迟。而香格里拉，这时候却已袭来一阵初冬的寒意，准备到了西藏才穿的冬衣，早早派上了用场。

香格里拉，很多人都知道它的名字，却不见得都知道它是云南迪庆藏族自治州的一个下辖县。加上一个"县"，总让人觉得有些陌生，似乎就把一个"天堂"贬为了"人间"。小车行过县内，尘土飞扬，道路两旁的房屋建筑有些破旧，路上的人像身在工地上一般，这样一个普通的县城，为什么会叫"香格里拉"呢，它曾在我心中是那么似幻似仙，像天堂一般。

车继续往县里开，尘土落在身后，前方渐渐清朗安静了许多。这辆顺风车是我和阳阳在丽江的公路上拦下的，此时，车上两位好心的大哥正帮我们问路去独克宗古城。进了古城之后我们一起下车，两位大哥说要随意走走，我和阳阳便去寻找提前订好的旅舍。到了旅舍放好行李后，我俩一致认为两位大哥实在是太好了，一定要请他们吃饭才行，可惜回到下车的地方，他们的车却已开走了。短暂的缘分，留不住的却叫人铭记。独克宗古城是香格里拉县一个特别的存在，是所有游客落脚的地方。肃穆的白塔，头顶的经幡，虽然我们还在云南境内，却似刚要踏出云南，来到了半个西藏。

独克宗古城不像大理古城四周筑起高高的城墙，也不像丽江古城虽然没有城墙，却邻着热闹的街市，它与安静的居民街区相邻，尽管游客们进进出出，在其中来回穿梭，它依然是安静的，没有人能打扰到它的安静。

"香格里拉"在藏语中译为"心中的日月"。因为地势高，这里白天的日光比大理的还要炽烈而温暖，天空更近了、更蓝了，大朵的云铺展在空中，像洁白的棉被，再走一会儿，又一片万里无云的景象。走在古城中，踏着青石板，不由得悠闲起来，反而凑不起那份旅游的热闹，也许是不打算去其他景点，也许仅仅想在此等人而已。两旁的房屋伸长的屋檐像哪个好奇的人探出头来，把头顶的天空围出一条小小的天路，头顶的经幡被风吹得沙沙响，越来越大声，却显得周围更加安静。若不是为了消磨时光，我和阳阳大概不会越走越深，像一片静地的闯入者。

远离古城里熙熙攘攘的客栈、商店，一所当代艺术馆在角落里静思，往里面探头一看，除了一个在整理东西的人之外，就是那些灰暗静谧的书架、木桌及架子上陈列的物品，无人光顾。艺术馆取名"撒娇书院"，倒是符合它小小的情调，在这样静谧一处撒娇，也是风姿绰约了，别有一番韵味。

循着小路继续走，惊喜地看到墙边一面手工小旗子上写着"香格里拉手工艺品中心"，之前在网上联系过这里是否需要义工，那时还未决定去西藏。这时倒有一种踏破铁鞋无觅处，得来全不费功夫的窃喜感。走进院子里，看到一位姑娘正潇洒地坐在二楼走廊的护栏上吃东西，几个年轻的姑娘看到有客人来，热情地带我们四处参观。这是古城里一处受保护的古民居，昔日的红木房如今已褪成一片陈旧的暗红，却更显古香古色。手工艺品中心是一对外国夫妇创办的非营利性慈善机构，他们热爱香格里拉并且定居于此，为了推广和传承香格里拉当地绚烂多彩的民族手工艺文化。这里有为当地孩子们提供的社区图书馆，有免费语言培训，还有一间手工艺品商店，不仅帮助了当地少数民族的妇女们通过自己的手工劳动增加收入，其余所得还可以投入到图书馆的建设当中，为那里的孩子们提供一个自由的学习环境。避开人群，避开喧闹，这份安静和简单似乎展现着生活原本的面貌。

热情的阳光不能将独克宗古城照得明亮，反而给它留下了许多动人的侧影，等到黑夜来临，月亮升起，古城更显幽深，月光照在城里，寂静无声。此时古城高处一座寺庙也显得金碧辉煌，寺庙外的一座巨型转经筒庄严地竖立着，好似在城中任何一处只要仰首就能看见。人们结伴踏着长长的阶梯而上，十几个人团团围住这大大的转经筒，用手握着它周围一圈铁环，喊着"一二三"一起齐力拉动，笨重的转经筒跟着人们的步伐顺时针转动起来。转过三圈之后，又换上十几个人，又是齐力拉动铁环，转起转经筒。互不相识的人们彼此微笑，因为我们共同完成了一件事，共同为心里想念的人和事祈福。

冷风袭来，街上行人渐少，唯有客栈里那温暖的炉火才是这夜里最大的享受。在一个"驴友"入住的客栈里，大家围炉而坐，谈天说地。有人刚从西藏返回到此，有人正准备出发前往西藏，在此停留。有人一身轻松，好似经历了一场人生中难忘的酸甜苦辣；有人满怀期待，想从他们的口里得知未知的前方的一些消息。客栈里挂在一处的电视正播放着关于梅里雪山卡瓦格博峰的山难纪录片，记录了 1991 年一支由中日联合组织的登山队在登山途中突遇雪崩，全队丧生的真实故事。登山者们对自然永无止息的挑战和毅力与村民们对神山神灵的虔诚敬仰相抗衡着，让人揪心。看着电视里连绵的雪山，茫茫的大雪，听着配音员浑厚沉重的声音，二十几年前发生的事仿佛就在眼前。我们只知道这里有一座非常有名的山，叫作"梅里雪山"，只知道在飞来寺可以看到清晨"日照金山"的奇观，却无法想象曾经在那山脚之下有这样一场生死较量。而现在，还有人在试图挑战这座神山吗？还有村民在为神山的安危而胆战心惊吗？有人一心只想守着这份世世代代的宁静生活，而我们又该如何去怪那些并非蓄意却在破坏的冒险登山者呢！

夜静了，更静了，脚下的这片土地突然让人肃然起敬。香格里拉那永存在心的美丽化成了无法言说的神秘。那些旅行攻略上必去的景点真的就是香格里拉了吗？我想不是，大概我们都被骗了吧，那些只是让人望而却步的高价门槛。香格里拉是静得无声无影的遥远地平线，是无法用脚步靠近的地方，雪山湖泊、草场牛羊，看过听过又怎样，若是不能感受，一切不过是过眼云烟。而我，只记得自己来过这样一个地方，却不敢说已来过香格里拉。

在独克宗古城住了三天，终于等来了季姐一同结伴去西藏。离开古城的那天清晨，经过白塔时，看到两个女生在一家店门前低头坐着休息。季姐说，可能是高原反应，看来是去不了西藏了。我想，这算是一座城和人的小小较量吗？她们的身体正经受着来自自然的冲击，而我们的身心，又感受到什么了呢？

丽江、大理、泸沽湖皆有它们的热情与安静，而香格里拉，是亘古永恒的寂静，尽管也有热闹的时刻，却只是人们自己的欢笑。

香格里拉，一个我曾经自以为知晓的地方，怎料来过之后，反而对它一无所知。

季姐说了 晚上睡觉不能穿太厚

　　一个朋友和她的男友第一次一起去旅游，回来时我问她："有什么收获?"不料她说得最多的却是"下一次一定要找机会自己一个人去旅游"。另一个朋友和自己的好朋友结伴同游，回来后问她走了这一路感觉如何，她也是沉默了一下无奈地说："我和我那朋友经常意见不一，总要有一个先妥协。"原来，再好的朋友在旅游时也会有意见不合的时候，而解决的方法虽是互相忍让，却是忍多于让，双方都觉得自己受了委屈却忍着不说，正是因为对方是朋友。

　　而说起结伴旅行，让我想到了季姐，因为我们曾一起搭车去西藏，而那也是我一个人旅行中难得的结伴同行。俗话说，男女搭配，干活不累，而且他有女人般的细心，我又像男人般不拘小节，一路上两人配合默契，几乎没有产生什么矛盾。至今，还没有遇到过和他一样默契的旅伴。

　　季姐，大理义工时的同伴。别误会，季姐其实是一纯爷们儿，被称"季姐"，只因他心思细腻，举止之间都显得小心翼翼，比旅舍里几个大大咧咧的女义工更加细心。搭车去西藏，和他同行，再放心不过。我负责站路边拦车，他负责和司机唠嗑，让晕车的我一上车便能睡得心安理得。每每下车，我不过对司机说声"谢谢"，便拎着行李走了，而他总是举着手机要给司机拍一张照当留念。司机若是不好意思，他便有些紧张，终于拍到了照片，便满意地将手机塞进口袋，这才提着行李和司机致谢道别。想来，我是干脆得没心没肺，怪不得反而被他称为"秋大爷"。

从香格里拉到德钦，那是滇藏线的初始，道路弯弯曲曲，路面坑坑洼洼，极考验车与司机的车技。经过三次换车，终于搭上了一辆开往西藏方向的车。车在行进途中，几乎都是上下颠簸，左右摇晃，不见几处平坦。我一阵头晕，担心不小心吐到人家车上，所以不等和季姐商量，就直接歪着头，靠到他肩膀上去。"大爷"毕竟也只是个弱女子，而季姐才是真正的汉子，他不仅没有嘲笑我这"大爷"如此没用，还细心地用手托着我的下巴，将我的头尽量固定在他肩上，防止我被震得更加晕头转向。不过等到出藏时，我的肩膀反过来成了他的人肉靠垫，这才发觉能给别人提供个依靠的肩膀，也是件令自己得意的事情呀。

在进藏路上，极少有青年旅舍，普通旅馆最便宜的就是不带卫浴的两人间或是三人间，价格在五六十块。为了省钱，我们基本都是住在一间。而带卫浴的房间不过只要每人多付 5 元，我们商量之下，觉得进藏路上最好还是不要洗澡，而且公共卫生间也离房间不远，为什么不省下那 10 块钱呢。其实季姐比我还爱干净，因为是冬天，就算几天不洗我也不会觉得不舒服，而季姐还是心心念念着下一家要找个可以洗澡的地方。不管是房间充满牛粪味的招待所，还是推开窗户就是牧场的家庭旅馆，我们总是既来之则安之，对住宿条件并不非常挑剔。

在全国的旅游地，一些青年旅舍都有男女混住的多人间，穷游的男生女生为了省钱，同住一间，是很正常的事。不过，男女有别，虽然每个人不过是在自己的床位休息一晚，也许第二天就各奔东西，但总会有一些不方便。比如女生若是来例假，上厕所时要从行李里拿卫生巾，好似在做什么坏事，偷偷摸摸。而我和季姐同住一间时，最不方便的就是晚上睡觉时，因为不好意思脱套头外衣，只好穿着厚厚的衣服裤子直接钻进被窝。等关了灯，谁也看不见谁的时候，再不动声色地保持着躺着的姿势把厚厚的卫衣脱下来，为了不发出声音，一件衣服也要倒腾个几分钟，脱完手也酸了。到了第二天，早早醒来，先把衣服穿上，稍微将将头发，揉揉眼睛，又继续睡。

有一天吃完早饭，季姐一本正经地关心我说："晚上睡觉穿那么厚不好。"我假装不知道似的回答他："哦，这样啊。"然后在心里暗笑：季姐不仅没有意识到我的别扭，反而来提醒我，那认真的表情甚是可爱。

搭车到达芒康时，已是深夜，我们跟着司机洛桑大哥到一家饭店吃饭，因为人生地不熟，我俩上厕所也要结伴而去。那饭店的厕所非常简陋。黑夜中一丝黄色的灯光从里面透出来，季姐上完厕所从里面出来说："女厕所没有灯，只有男厕所有。"我看了看周围几乎没什么人，就说："那你帮我看着，我去男厕所。"有季姐看着，我便放心地去了男厕所。结果，刚蹲下来不久，一个男人突然进来，是与我们同行的大叔，洛桑大哥的朋友。我默不作声，两只眼睛死死地盯着他从我眼前走过，祈祷他不要转头。他的眼神有些迷迷糊糊，似乎没看到我。可是刚刚进去又回头走了出去，想来是发现了不对。我舒了一口气，暗自庆幸他没有好奇地转头来看，逃过一劫尴尬的场面。又心想季姐不会走了吧，瞬间怒火上身。

从厕所出来，发现他正抬着头东张西望，我怒气冲冲地问："怎么回事，不是让你看着吗？怎么有人进来了。"他惊讶地笑起来说："刚刚在看星星，没注意到有人进去了啊。""什么？看星星？"我听了真是哭笑不得。抬头望了望天空，繁星点点，真美啊，怪不得季姐看得出神，竟忘了正替我把守厕所。没想到季姐还有如此浪漫的情怀，怒气也就全消了。

季姐的浪漫差点陷我于尴尬之境，而在进藏的最后一段路，我俩对窗外风景的忘我陶醉而不停开关窗户拍照也触怒了好心的司机，那是我们一路搭车以来唯一一次被司机委婉地赶下车。司机说："你们在这里下车吧，我家就在附近了。"车上另一个一直在睡觉的男生也和我们一起下车。等我们把行李提到路边时，司机竟然又叫那个男生上车，把我们落在一个离拉萨已经不远的地方。我和季姐有些不知所措，再想到我们的兴奋过头和那个男生的安静入睡，又是哭笑不得。没想到我们对风景的忘我狂拍竟不小心触怒了司机，我和季姐顿时恍然大悟，对自己的行为深表歉意，却又为此大笑起来，想起来也算是旅行中遇到的一件新鲜事。

结伴旅行，最怕的是意见不一引起矛盾，使原本充满期待的旅程大打折扣。而我和季姐的矛盾是在我们遇到另一对同样结伴旅行的男女时对比出来的。虽然说是搭车旅行，但并不是每天早晨出发时就能顺利地搭到车，通常也要徒步几公里慢慢拦车，而我习惯了搭车，徒步时也是漫不经心，慢慢悠悠。季姐建议说："我们走一段吧，边走边拦车。"我说："哎呀，走不动了，反正都是要搭车的，越往前走不是越搭不到嘛。"季姐却说："你看看人家，同样都是女孩子，她就比你独立多了。"我听到季姐竟开始拿我和其他人对比，不知道是看上了那个姑娘，还是故意激我，更加不愿意走了，直接站在原地拦车。不过那个姑娘确实非常独立，很有主见，拦不到车时就背着包一直徒步前行，一点也不输给和她同行的男同伴。

季姐懒得理我的歪道理，自己背着大包大步向前，我只好跟在他身后，笨拙地抱着断了手提带的行李包，继续向前。他偶尔回头看一看我，若是距离隔得远了，便停下来休息，等我跟上一段路再继续。后来发现这样隔开一段路程各自徒步其实更有利于顺利搭到车，也许司机看到路边站着一个小姑娘，更容易停下车来，这时我就向季姐招手，他便飞奔而来。有时司机也很随性，这里不停，反而在前面停下，如此我便可以追上去，和季姐会合。正是在这样的一进一退中，我们才能一路欢声笑语到达拉萨。而之前遇到的那对"驴友"，不如说是一对欢喜冤家，吃饭时意见不合，选择旅馆时也互不妥协，差点吵得要分开各自找住处。两个性格都非常倔强独立又不肯忍让的人，最后终于不欢而散，分道扬镳。到了拉萨之后，我们又在街头遇到，令人惊讶的是，不久前还像仇人一般的两个人，居然搭肩搂腰，像情侣一般，让人摸不着头脑。大概是习惯了彼此间的吵吵闹闹，分开了反而没了乐趣吧。

到了拉萨，我们和提前几天到达的同在大理义工的伙伴会合。其中一对情侣小新和小俊显得疲惫，小俊有些高原反应，话也不多说。看到他俩第一次在我们面前大胆地牵着手，那份甜蜜被我们看在眼里，因为在大理时虽然知道他们是情侣，却如女生所说，看起来更像兄弟。而这一路旅行中互相照顾、宽容体谅是对他们最好的考验。不过，还有一对同行的男女飞龙和婷婷就没他俩这么浪漫了，婷婷是我们义工的那家旅舍的一位客人，听说在旅行中两人差一点就要成情侣了，最后却闹得分开旅行。问他把婷婷丢哪儿去了，他说："早就分开了，她每顿都要吃好的，住又要住好的，受不了了。"说着好似自己受了什么委屈，惹来我们一阵嘲笑。最后，他加入了我和季姐的队伍，一同搭车去了成都。

三人搭车比两个人困难多了，几乎没有司机愿意停下来一下子载三个人。飞龙二话不说，把原本帮我提着的行李交还给我，拿着个在八角街买来的小小的转经筒，边转边走到我们前头，和我们分成两队。看着他的背影，我和季姐有些心酸。终于很快便搭上一辆车，我们拜托师傅在前面停一下，把飞龙也捎上。三人终于搭上一辆车同行了，喜悦不言而喻。在车上，飞龙依然转着转经筒，他说这样会有好运，一副虔诚的样子，和平日里那个搞怪的他大为不同。当发现转经筒遗失在车上时，居然失落了很久，让人不可思议。

一路上，我们就是这样分开搭车，如飞龙所说，果然像是交了好运，一切比想象中顺利多了。能搭上同一辆车最好不过，若是车上实在不能多搭一个，先搭到车的也会在下一站等待会合。三个人的旅行并没有那么困难，反而让旅途充满了更多的欢乐。

有人说得好，旅行是一种修行。我觉得，一个人的旅行是自我修行，一切由自己作决定，不必顾及他人的想法，是人人都想要的自由。而结伴同行是冒险修行，志趣相投的旅伴可以丰富彼此的旅程，意见不一的旅伴常常使整个旅程事事皆不如意。有些同伴让我们看清自己，得到自省，而有些同伴只能让我们看清彼此，然后分开旅行。结伴旅行也是一种修行，有时让一个人学会两个人，有时也让一个人学会了一个人。

最好听的"扎西德勒"

　　每个去西藏的人都一定会说一句藏语"扎西德勒",意思是"你好",这是对于一个初来乍到之地的人们来说最简单、最直接的问候。扎西德勒,不过四个简单的音,可是对于非藏族的我们来说,却怎么也说不出个中的味道来。尽管字字标准,尽管真心实意,想必在藏族的人们听来,也像是外国人说中文,总是少了那一点字间婉转的韵味吧。

　　身为一名去往西藏的游客,竟比出国的人还要矫情,只因学过几年的英文,说一句"hello"自然朗朗上口,但是对于从来没有学过藏语的我们,一入西藏,每日见到人,不管是同为汉族人的驴友还是当地居民,总要来一句"扎西德勒",些许浮夸,好似自己已经入乡随俗一般。可惜你尚未见过那位藏族小姑娘,尚未听到她那银铃般的"扎西德勒",那是我在西藏听过的最好听、最简单、最纯净的问候。

　　那是进藏的第四天,我们在一个叫作"然乌"的小镇上休息一夜后,又继续走上318川藏公路,而那然乌镇的唯一景点——然乌湖居然就在这公路旁,人们只要沿着公路直走,自然就会经过。游客无须转弯、无须买票，尽在眼前的景色像是天上掉下的馅饼，让一早便出发前往下一站的驴友们仿佛交上了什么好运，目不转睛地边走边欣赏着身旁远近闻名的然乌湖，就怕错过哪一个角度没有看进眼里，遗憾不已。这时，公路的后面三个藏族人向我们走来，大家的目光瞬间从湖上移开，转向他们。听说已久的不远千里跪拜朝圣，第一次出现在眼前，还是让人吃惊得有些不敢相信。

这是一个家庭三口人的朝圣，看起来更像是一次长途迁徙。走在最前面的是一位穿着黑色藏袍的母亲，她拉着一个装满家当物品的板车，物品平平整整地摆放着，被一个大袋子盖上，用绳子捆得严严实实。这本是一个粗壮的男人才承受得起的重活，这时却落在一个女人的肩上。而那位父亲，此时正三步一个等身长头，磕在地上。那是真正的五体投地，把所有的虔诚敬仰都献给了脚下的这片土地。他们的女儿，一个天真的小女孩，背着个小书包，脚步轻盈地跟随在父母身边。她的脸被当地强烈的日光晒得黑红龟裂。在我们的印象里，这个年纪的孩子总是有着让大人羡慕又爱抚摸的细嫩洁白的皮肤，而她的脸，却比我们任何一个人都要粗糙。然而，孩子就是孩子，他们永远都睁着一双纯洁干净的眼睛，不管哪方水土哪方人，都那么的美。

路上的骑行者和徒步的人都停下来注视着他们，注视着那位母亲如何拉着这一车的物品行走在烈日下，注视着那位父亲如何倾下身体，把自己俯卧在地，伸向前方，如何三步一磕头。那位母亲转过头对着我们微笑，像是在对我们表示欢迎，脸上却看不出丝毫疲倦。小女孩不知长路漫漫，只是跟在父母的身边，便觉得无忧无虑，欢乐地跳着。也许是这神圣的信仰让我们有些震撼到瞠目结舌，没有一个人上前和他们说话，就连一句往日顺口的"扎西德勒"也忘了说，怕打扰到他们。这时，小女孩突然转过来，对我们所有人喊了一声"扎西德勒"，然后开心地笑起来。我惊住了，突然觉得她就像一个戴着银铃的精灵，正敞开着一个比她的身体还要大的拥抱来欢迎我们，没有一丝羞涩和害怕。她像一个播撒爱的小天使，让我们所有人都突然绽开了笑脸。

小女孩纯净的脸庞让我动容，至今依然。我深信，那颗至纯至善的心才是上天最美的恩赐。

几千公里的进藏之路，每日不停地搭车，要一个星期；一路骑行，也要一个月左右，像这样三步一拜，比徒步还要慢上加慢，真不知道他们什么时候才能到达拉萨。可是转念一想，发觉只想到达拉萨的是我们，而他们，是在用脚步慢慢接近，腼腆地、虔诚地、心悦诚服地跪拜着。他们已经把家都带上了，还担心什么呢。就像人的信仰一样，只是简简单单地跟了心而去，任何言语都无法解释。

骑行的是朝圣，徒步的是朝圣，搭车的是朝圣，哪怕是火车、飞机，也是为了朝圣而去。身体已在路上，欢乐已在脸上，坚持已在心上，道路就在那里，可是不同的人却能走出不同的路，简单的一句"扎西德勒"，从不同的人的口中说出又是截然不同的。最接近天堂的地方，不是人人都能接近。

平静的然乌湖躺在雪山的怀抱里，人们只顾欣赏，却忘了身后那个然乌湖的栖身之所——然乌镇。谁会相信这是个镇呢，唯一的一条街道和318公路垂直，来往的人们不知不觉就在日落日出之间走了一次T台秀。

街道两旁也不过是几家商店旅馆，除了提供游客在如此高海拔之地一顿饱饭一夜好眠之外，无他。怪不得来过的人们要忘记这个拥有如此美丽湖泊的小镇，因为然乌湖不在然乌镇，是然乌镇在然乌湖了吧。

可是，回到人类最最本质的生活，有饭吃，有床睡，有路可走，我们还要什么呢。用心问候一句"扎西德勒"，其他的，还需多说什么呢。

他们都在拉萨 求一颗安定的心

有人跟我说"西藏是我最向往的地方啊",还有人跟我说"你去了我这辈子最想去的地方啊",听多了,倒像是自己不小心误入了别人的天堂。到达拉萨的第七天,早晨醒来依然习惯第一眼望向窗外,又是无尽的蓝天,没有一点杂质,怪不得腾格尔那首关于西藏的歌就叫《天堂》。

几天前,第一眼见到拉萨,虽然现实中国际旅游城市的它扑灭了我对拉萨由始至终满地黄沙、荒芜高原的幻想,但我依然欢喜。坐上出租车前往舜子家,一路注视着这座之前满脑子黄土高原的城市,觉得自己从来没有对一座城市这样盯着不放,似乎从来就没有了解过它,仅仅知道它叫作"拉萨"而已,然而事实确实如此。

舜子是我的大学同学,大四下学期,当大家都在实习的时候,他一个人跑到拉萨旅游,班上的同学没有一个不羡慕的。记得毕业答辩时,所有同学都回到学校,我见了他,只觉得长相大不如前,一个帅气的男孩变得又瘦又黑,一寸短发像个劳改犯,看来去拉萨也不怎么样呀。我跟舍友说:"看到姚舜了吗?头发那么短,脸那么黑,真像刚刚从监狱里出来一样。"毕业后，大家纷纷找到合适的公司上班，他又回到了拉萨，租下一个小区里的一套房子，开了一家家庭旅馆。班上几个同学知道了，似乎觉得自己在拉萨也有人了，兴奋地说："舜子，等着我啊。"结果，那些说"等着我"的人都没有去，误打误撞的我居然成了班级里第二个到达拉萨的人。

见到舜子，激动得像见到了自己的亲人。一路上向同伴季姐抒发的感想，此时又忍不住滔滔不绝地和舜子分享了一遍，直到舜子说"不要跳，小心高原反应"时，才想起有人告诫过说第一天到达拉萨之后，一定要好好休息，高原反应还是会突然来袭的。不过当天晚上还是玩"杀人"游戏玩到了凌晨一点，而季姐更夸张，和舜子家的住客一直玩到凌晨四五点。想起到达八一时在渡口青旅见到驴友阿宅时，她刚刚洗完澡穿着短袖，我说："你这样不冷啊，不怕感冒了，高原反应吗？"她怏怏然说："现在觉得高原反应好假哦。"虽然我也觉得高原反应并不可怕，但依然不敢掉以轻心，一路上对"高原反应"他老人家都很虔诚，为了防止感冒，把最厚的冬装都穿上，一路搭车六天不洗澡，最后在到达拉萨前一站——八一因为流了一身汗才勉强洗了个澡。此时，在舜子的家，终于可以卸下所有暂时安顿自己，可是一路的疲惫到了这里，竟一扫而光，一点也不觉得累。

在拉萨的时光无比惬意，每天睡到自然醒，抱着季姐的电脑下楼，喝杯开水上上网。还可以出门逛逛八角街，淘点藏银首饰，再到茶馆喝上一杯六毛钱的甜茶，配上三块钱能买十个的葡萄蛋糕，足以挥霍掉一个慵懒的下午。如果实在懒得出门，还有舜子家的阳台，搬一张椅子坐下来，迎着阳光，来个拉萨最有名的日光浴也不错。如果你还想再懒一些，干脆不要起床，窝在被窝里播放一部长长的电影，等到了饭点再下楼，通常有人已经在做饭烧菜了。

住在舜子家的都是年轻的男生女生，每一个都像是在这里生活，一副扎根不走的样子。他们当中没有结伴而来的，都是住到这里之后才认识彼此，湖南、湖北、福建、江苏、四川、吉林……从四处而来。男生们个个都上得厅堂下得厨房，被我们称为"各位大厨"。每天他们都会主动轮流买菜做饭，女生们只要负责吃，顺便刷碗就好了。其中被称为大厨的是一位有些"神经质"的男生，说话一惊一乍，时缓时急，有些像周伯通。他喜欢跷着二郎腿，右手拨着一小串佛珠，对房子里的人啊事啊，指点一通，似乎没有一刻是安静的。被称为二厨的是一位高高瘦瘦的湖南男孩，和大厨相反，看起来老老实实，话也不多，一个人关在厨房切菜烧肉，也不许人帮忙，终于在排除了大厨的多次干扰之后，使尽浑身解数，做了一桌湖南菜。虽然大多数人吃饭时嘴唇都要被辣成香肠，但是离开遥远的家乡却汇聚在拉萨的我们，似乎都爱上了这样津津有味的生活。还有默默打下手的三厨，像极方文山，有时包着头巾，有时戴一顶军绿色鸭舌帽，对不熟的人寡言少语，站在我们之中，像历经沧桑的大叔。和大叔相反的则是可爱的小男生小杨，相比其他男生随意的穿着，他似乎显得精心打扮过。出门时只有他穿着衬衫小西装，背着双肩包，拍照时还喜欢抿嘴，像一名逃学的高中生。他非常崇拜舜子家的义工小颖，一个干净利落的女生。尤其是看到我拍到的两人并肩走着的照片时，一头短发、戴着墨镜、双手插在上衣口袋、低头微笑向前走的小颖，霸气得就像是一位刚下飞机的明星，而一旁转身看镜头腼腆一笑的小杨却像个不称职的保镖。他看着照片，好像在看一个"发着光"的小颖，连连夸她，那样子就像个花痴的小女生。

住在一起的我们像一个无忧无虑的大家庭，而其实每个人都在默默地为自己在拉萨长住做着打算，有人想到摆地摊，有人正在找工作，幸好还有舜子的家，成为大家暂时的避风港。而我，暂时还不想走，但也不想常留。也许某天早晨醒来，突然觉得该走了，也许恰好碰到一个契机，就此留下来了。

在季姐独自一人跟团去纳木错湖的第二天，我跟着舜子家的伙伴们去西藏职业介绍中心参加了一场招聘会。没想到来到西藏，著名的纳木错湖没去，布达拉宫也只是在门口拍了几张照，却正正经经地参加了一场招聘会。我们就像几个从一个城市来到另一个城市生活的年轻人，一点也看不出旅行的痕迹。而我也慢慢发现，自己其实并不是喜欢旅行，而是喜欢去别处生活，于是便顺其自然，把那看作一种旅行。

来到职业介绍中心，我们和舜子的朋友英子会合。英子是成都人，父母都在拉萨工作，所以她也跟着来到拉萨，准备找份工作定下来。这个介绍中心的场地很小，招聘会也没什么规模，走进去一览无余，但也不乏国企。小颖和我逛了一圈，没看到合适的职位，反正她本来就准备摆地摊为生。英子看中了几家国企，投了简历，想来要是能被录取也算是铁饭碗了。另外几位"大厨"也在认真地咨询、投简历。而我却好奇：他们为什么会想到走这么长的路，来到离家乡那么远的拉萨工作呢。也许他们和舜子一样，想要一直待在一个喜欢的地方。也许我会有那样的好奇，只是对西藏还没有爱到那样的程度吧。

　　要离开拉萨的前一天晚上，我和季姐从外头回来，突然觉得舜子家气氛不对，这时我发现舜子不在。我问："他人呢？"有人说："在派出所。"派出所？我想一定是出大事了。我着急地想知道怎么回事，可是没有人知道，也许是不愿意说。这一天晚上大家不再闹哄哄地玩游戏，安静了许多，有人已经去了派出所，剩下的人在他家里等消息。过了很久，随后去派出所的几个住客和他一起回来了，他说："别担心，没事，就是这几天太吵，不知道被谁投诉了。"说着顺口骂了一句。"加上这家家庭旅馆原本就没有办好营业执照，就被抓走问话了。"我听后，觉得十分愧疚，自己只知道来到拉萨之后有个安心停留的地方，却不知道他的这个家还在风雨飘摇当中。晚上睡前，他对我们说："明天大家都要去办暂住证，否则警察还会来查。"我只能非常不好意思地告诉他我明天和季姐就要回去了。他只说："那你们就不用办了。"就下楼了。他一定太累了，再没有精力来听我说几句告别的话。我对季姐说："我会不会太不讲义气了，他出事了我却走了。"季姐懒得理我，随便说了一句："哎呀，没事啦，你留下来又帮不上什么忙。"可是好歹在拉萨，我们是最亲的人啊。我自顾自地这么想，却没好意思说出口。

　　第二天，我和季姐收拾好东西下楼时，舜子还在睡觉。虽然今天我不是出门一下，而是要离开西藏，去下一个离这里很远的地方，但我没有叫醒他，没有说什么告别的话。好像对于两个习惯了飘来荡去的人来说，本来就不存在离别这种事。

有人说，我背着一个单肩包、提着一个行李包，从背影来看，一点也不像背包客，倒像是去拉萨逛街的。到了拉萨，我又像是参加了一场同学聚会。我们都不像背包客，但我们，都在流浪。

第四章
你说再见，我说一定还会回来

我从远方赶来，赴你一面之约，

恰巧你们也在，许我明年再来。

来来去去，走走停停，

与其说是为那风景，不如说是寻那人情。

一束温暖的光

从昆明去往大理的火车，通常是硬卧代替硬座。但并非真正就可以卧着了，而是一张床变成三个软座而已，不过仍是坐不满。

两次去大理，都搭上了同一辆列车，同一个车厢，车厢的列车员竟也是同一个。窗外依然是那不变的蓝天白云，而对面坐着的，当然已不再是那对像姐妹一样的母女，那个喜欢摆换着不同造型让我拍照的小女孩也早已下车。

背上背包，提着行李，和离开大理时一模一样。还是选择靠近走道的一边坐下，把小小的行李箱往座位底下一塞，便悠然自得享受窗外的风景以及接下来的旅程。这时，一个阿姨坐到我旁边，又来了一家三口坐在对面。头发有些花白的老父亲吃力地把两个行李箱抬起来放到上铺，那位母亲和女儿先在座位上坐下，担忧地看着他一上一下。三人显得很疲惫，没有一丝对即将到达的目的地的期待，长途旅行对两位年迈的父母来说，难免是一种身体上的受累。

午饭时间，列车服务员推着餐车经过车厢，我们谁都没有买，各自都带着干粮。对面的那位父亲从最靠窗的位置站起来，走到走道上，艰难地踩着上下铺的垂直梯往上蹭，终于够到手，从行李箱里拿出准备好的午餐，几包泡面。他的女儿依然坐在原位，没有说话。我有些不解：这个看起来并不像娇生惯养的姑娘，为什么一点也不体谅自己的父亲。这些事本该由她来做，可她却一动不动，等着别人来服侍。

通常坐火车的人都会买桶装的泡面，可他们买的却是袋装，还自带了碗筷。这对夫妻一起把泡面拆开倒在碗里，又是由那位父亲拿着碗去接开水。他走向开水房，一步一步，小心翼翼。而女孩依然无动于衷，好像一贯如此，理所当然一样。饭后，依然是她的父母，把碗筷擦得干干净净，重新放回包里。

车厢的列车员过来打扫卫生，半年前也是这位大姐，在这列火车这节车厢值班。不过我认得她，她却不认得我，来来去去无数的乘客，又能让她记住多少呢。她从前面的座位一一扫过，直到我们这里，然后把扫把和簸箕放回去，便坐在走道上靠窗的座位上休息。

"你们也是来这里旅游的吗？坐火车可真累啊，吃得消吗？"大姐问我对面的叔叔阿姨。兴许是看到这对夫妻已有些年迈，便这样关心道。

"还可以，从重庆过来，还不算太远。"阿姨回答着。

"这位是你家闺女吧，一家人出来旅游，挺好的。"大姐说。

"她啊，哎，一身的病……"阿姨叹了一口气，欲言又止。

一身的病？我们几个都惊讶得不敢相信。坐在我旁边在织毛衣的阿姨也停下了手中的事，原本低着头要睡觉的我这时才抬头认真地看了一眼那个女孩，刚刚那张无动于衷的脸这时竟露出一丝微笑。

阿姨又看了一眼身边的女儿，向我们娓娓道来。这才知道她的身上竟然有四种病同时存在，都是疑难杂症，甚至有的已经是不治之症。

　　"这么年轻的姑娘，看她的样子，真是一点也看不出来。"大姐说着，这件出乎意料的事，让她感到惋惜。

　　"是啊，谁都这么说。她在家每天都嘻嘻哈哈，像个没事人似的，不想让我们担心她。"

　　看着面前这位姐姐，突然对她肃然起敬。想起刚刚对她的误解，有些惭愧。看着自己父亲忙碌的身影，她一定比谁都不忍心，一定在自责自己心有余而力不足，不仅不能为父母分担，还要他们来照顾。

　　阿姨继续说道："开始医生说她得了红斑狼疮，我们都傻了，从来没听过这种病，家里也没有人有过这样的病。这种病不能晒太阳，不能劳累。"我想到云南紫外线那么强烈，为何她还要来，这不是冒生命危险吗？

　　"她在小学里教书，一开始我们让她先辞了工作，她不肯。怕自己走了那些学生就没有人来教，一直坚持着，最后实在不行了，才住院。那些学生都非常喜欢她，每天都来医院看她。"阿姨说一句就要看一下女儿，那种心疼和不忍心，让她哽咽。

　　"闺女应该有二十六七了吧，嫁人了吗？"列车员大姐问。

　　"快三十了。本来有一个男朋友，都要准备结婚了，结果得了这个病。她不想耽误了那个男孩子，去劝他不要跟她结婚。说她得了这个病，不能结婚，让他去找更好的女孩。"阿姨看着身边的"傻闺女"，又是叹气，不禁泪流。"她说跟他结婚，就是害了他。"

　　我看着那位姐姐，她握着母亲的手，淡淡地笑着，一点悲伤也没有。

除了有些疲惫外，看不出任何痛苦。她的笑让人心疼，又充满了力量。那些病魔是如何日日夜夜侵蚀着她，没有人可以感同身受，可是她的坚强和乐观，却让我们都湿了眼眶。虽然我并不知道她是如何和病魔抗争，如何挣扎着熬过那些疼痛，但是此刻的她，似乎是为了享受人世间的幸福和美好而来。我想，她并非仅仅为了不让父母担心而故作坚强，而是真正发自心底的希望，过好当下的每一天，好好地看看这个世界。她的心一如初衷，就算病痛折磨也不曾改变对生活原本的期望，教书育人的她必是更加懂得要坚持这份长久的快乐。而我们所有的人，不也是希望把握当下，过好每一天吗？她说，悲伤是一天，快乐也是一天，应该要快快乐乐地去过。其实，我们都一样。

她真美，像撒哈拉沙漠里的玫瑰，毫不起眼的外表下藏着一颗坚韧的心。记得龙应台在《沙漠玫瑰的开放》一文中写到过这种奇特的植物，其实不过是沙漠中一种地衣。一位友人将它送来时，乍看之下就像是一株已经死掉的枯草，可是把它浸在水中，一天、两天……慢慢地，那蜷缩干枯的身体竟舒展开来，冒出翠绿的新芽，像复活了一般。而这位姐姐，正是将自己那病痛缠身的身体浸在这盆叫作"乐观"的水里，静守着生命的再一次绽放。生命的脆弱既然已摆在眼前，她已不再去追赶、去赛跑，在守候绽放的每一天里，她都在享受着再次成长的欢愉。

她真美，甚至已经是一朵枝丫上盛开的旖旎动人的花了。拥有这样一份无时无刻散发出的芬芳自在，而我们为什么要去问她是否痛苦，为什么要去同情怜悯她呢？她那么快乐，难道不比别人过得好吗？如果可以，我们都去跟她谈天说地吧，听她讲学校里学生的趣事，聊聊喜欢的话题。教育、文学、电影、音乐……这么多美好的事情，难道还不如一句"病情如何"吗？

"现在，她连鞋子都不能穿，整个脚都歪了。"阿姨又是无奈，但时间已让她渐渐坦然。

我往她的脚上看，果然穿着拖鞋。她把脚从鞋子里慢慢地伸出来，前脚掌已向一侧歪曲，那样生硬，像不可挽回的事实。

"那现在都是你们两个在照顾她吧。"列车员大姐细心地问。可怜天下父母心，同为人母，大姐怎会不知。

阿姨点点头，和女儿相视对望。女儿的病定是苦了这对年老夫妻，但和女儿的联结注定了这辈子的相依，是甘是苦都要陪伴着她。

列车员大姐感叹命运对她的不公，她静听不语。我想，命运于她，确是不公平，可若是她纠结于此，不会走到现在，不会是现在的样子。我钦佩她，以另一种他人少有的勇敢、智慧来化解这身心的痛苦。如三毛所说，去化解，而非克服。不敢去细想，这样的幸福如何而来。只是看着她笑开了，我的心里便也跟着绽放。抛开刚刚听到的一切，我不过是在和一位美丽的姑娘同车而坐，我们互不相识，互不答语，只是相视而笑，共同去往一段未知的旅程。

角落里的老父亲由始至终没有讲过一句话，所有人都听着阿姨诉说，似乎没有人注意到他。我们的对话他必定听得清清楚楚，也许正偷偷抹着眼泪。男人不比女人，他们不像女人还能哭哭啼啼去释放、去发泄，他能做的，就是在车厢里默默地一上一下，进进出出，接水扔垃圾，那便是一个父亲的身影。

午后的阳光从车窗照射进来，阿姨醒来为女儿披上一件外衣，女儿也醒来拉了拉衣角，可是脚上还是有一处被阳光照得发亮。安静的车厢，那位姐姐恬然地睡着，像个动人的小女孩。

我看着那洒落在她身上的阳光，不再紧张。阳光是她，她是阳光，此时此刻，她们正融为一体，一起温暖着我们……

不要弄巧 才能巧遇惊喜

　　旅游的人，也是"贪小便宜"的。订了日程，买了车票，却总念着要是正巧赶上那个地方的什么节日，如大理的火把节、傣族的泼水节、泰国的天灯节……可谓是一举两得，不虚此行。好似精心安排的一次旅游是为了碰上这一桩桩巧事，好回来跟人炫耀说自己有多么幸运。虽然我从未想去凑这里或那里的巧，可是总会有人冷不丁善意地来一句：你来得真不巧，要是早几天到的话，就可以看到……瞬间让人真的就有了一丝遗憾似的。心想：哎呀，真是，如果我早点来，该多好啊。

　　第一次来大理时，火把节刚刚结束。一个鹤庆的朋友杨柳在这之前便说："你要这个时候来，刚好可以赶上火把节。"我一听，想着要是能赶上火把节，岂不是幸运之至，于是想方设法地要从已经订好的行程里扒缝探时间，最终无果。只能听着别人描述那节日的有趣之事。

　　11 月，腾冲的银杏村正是满村满地金黄之时，只听说因着两百多棵银杏树而得名的村子这时候最是好看。有人刚从那村子回来，拿出拍的照片来看，抬头的是满树的金黄，低头的是一世的繁华，像那萧瑟秋风中拂来的无限暖意。可惜，几个月来的旅行散尽了原本就不多的钱财，这会儿刚刚在大理寻得工作，想去不能去，遗憾得一整天都心系于它。只听得那个回来的姑娘说银杏村这个月去最好，叶子全部都由绿变黄，挂满枝头，倾倒一地，再过些日子，叶子就要落光了，到时候光秃秃的，自然是没什么好看的了。一个大姐安慰我说："没关系，没关系，明年再来。"我想她是胡言乱语了，明年该是不会再来了吧。

懊恼归懊恼，终于待到 11 月过去，12 月来临，这份心心念念的牵挂也就放下了。好像一个等待着你许久的人突然消失一般，既然不能如期赴约，走了反而是好的。

那个不巧，这个巧，巧到实现了旅行前最初的愿望。原本就只是听了来、看了去才知道的银杏村，不去也罢。意外的是，在 12 月的时候，却遇上了大理最盛大的节日——圣诞节。这里的圣诞节与别处不同，既不是专属于基督教堂里的赞美圣歌，也不像城市里那被肆意泛滥的情人节。这里的圣诞节，没有人借机卖玫瑰花，送巧克力，没有挤满人的餐厅、电影院，有的就只有那一箱又一箱待售的雪花喷。因为这一晚，是所有男人女人，身在大理的人的狂欢，大家像是计划已久，要给这座多年不曾下雪的城来一场难忘的大雪。

夜晚降临，古城里最热闹的几条街挤满了人，大家手拿雪花喷，在狭小的空间里随着人群缓缓挪动。认识的不认识的，皆躲不过被人喷得满头白花，甚至是那张脸，也像是被扣上了一盘蛋糕，狼狈不已，却充满了童真童趣。有人落荒而逃，逃了再战，乐此不疲。朋友与我亦是。

忽而隐隐想起，出发前自己曾许下过一个愿望：过一个不一样的圣诞节。当时并没有想到会在大理过圣诞节，更不知道大理的圣诞节是这样的特别。就算是为了赶上这趟巧合而错过了多少不曾知晓的事，也是值得了。

"有心栽花花不开，无心插柳柳成荫"，次年再去大理时，当初没看成的火把节也因为这次旅行行程的变化，自然而然地遇上了，而且还是受杨柳之邀，参加了她家乡的火把节，这才体验了一把火把节的欢乐。

虽然火把是属于夜晚的，但是火把节却是一整天。白天，村子里的男人们齐心协力在村中的一块空地上竖起一根数米高的火把，并且引燃它。那火把是由众多的木棍捆绑而成，周围点缀着花朵、灯笼，喜气洋洋，燃烧时偶尔有花朵落下，被小孩捡去把玩。附近所有的村子里都有一支由中年妈妈组成的民族舞蹈队，由本村的车辆带着，去不同的村子里跳舞庆祝。杨柳让我注意看这些妇女身上的服饰和佩戴的银饰，看似简单朴素的布衣，却是绣花朵朵、银珠点点，那些都是自掏腰包去订做的贵重物品，也许一年就穿戴一次。妇女中有些已经十分娴熟，有的是第一次参加，还有些拘谨，不好意思跳。

天色渐晚，暗夜里瞬间跳出许多小火苗。调皮的小孩将火苗在黑夜中挥舞着，又被大人告知需谨慎，千万不可误伤到他人。我与杨柳以及她家中的姐妹一起，握着她爸爸一早给我们做好的火把，在黑夜里靠着那火苗的亮光奔走去隔壁的村子凑热闹。两旁的道路中间是一条宽敞的大河，连接着村村庄庄、家家户户，只要沿着这条河走，就能到达别的村子了。踩着之前下过雨后还有些泥泞的土地，像走在田埂上一般。白族人隆重的火把节被我们当成是回到了小孩玩泥巴时的童年，无忧无虑、自由自在。

杨柳说："现在村子里的火把节越来越不好玩了，不像以前那么热闹……"为这节日的大不如前感到可惜之时，似乎也在为我不能看到当时的那番景象而遗憾。不过，我是真的赶不及那时候的火把节了呀。往日不可追，不巧亦是巧。

　　有时巧合其实并不巧，而是必然会发生的事。碰上了是必然，碰不上也是必然。像那仍然惦记着那银杏之村，本想可以待到11月欣然前往，不巧9月时便决定离开。因为心存希望，便打电话到那边的青年旅舍询问银杏是否要开始变黄，那边回答说"还早呢，现在全是绿叶"。倘若那家旅舍能够委婉地回答一句"快了快了"，我会不会为了那即将发生的事而停留片刻。还是不要了吧，干脆绿得彻彻底底，我好无牵无挂地离开，去更远的地方。赶巧赶巧，既然赶不上那巧，何不让换那巧来寻我。

　　梅里雪山上那"日照金山"一景，当属世界奇观了吧。当早晨的第一缕阳光照射在山头中央，接着慢慢往两侧延伸开来，皑皑白雪变得金光闪闪，整座雪山便成了金山，壮观得让人膜拜。而本以为这是天天都可以看到的奇景，却不料旅舍的老板说："你们来得正好，这几天天气才转好。若是早些来，早晨都是雾蒙蒙的，什么都看不到。"不免又为这份幸运而开心。

　　搭车去西藏的路上，车里的女主人指着窗外远处的一座白云缭绕的山峰说："那个就是南迦巴瓦峰。"车转了个弯，突然她惊讶地叫道："快看，那个从云里露出的尖尖的山头就是，平时几乎看不到啊！看来你们都是有福之人啊。"一向自认为是一个极没有运气的人竟被说成是有福之人，又是莫名的荣幸。

这些巧合就像是上天赐予的一般，你不找它，它便来寻你。仅仅在那短暂的一瞬，确确实实的昙花一现，却在往后的日子里，一直在心里盛开着。

第一次去大理的妹妹竟遇到了十多年来都不曾下过的大雪，巧得令人羡慕，是运气，也是注定。

某天在路上偶遇多年不见的同学，惊喜得令人直呼：太巧了太巧了。这巧便是刚刚好，不早也不晚。

一个朋友说若是能回到当年，就能碰个巧去偶遇他，且不说时光倒流是不可能的事，若是勉强制造了偶遇的机会，难道不是如今一切经历的错过吗？当真愿意吗？

微博上十分流行一段精巧版中国全年旅行攻略：1 月雪国哈尔滨，2 月南国初春海南，3 月江南，4 月山水浪漫桂林、黄山，5 月迷情云南，6 月奇山张家界，7 月海边青岛、大连，8 月梦想西藏，9 月神秘新疆，10 月童话九寨沟，11 月美丽贵州，12 月时尚香港。如此过于准确不留余地的旅游指导，最易勾走阅读者的眼。心上便立刻想到眼下正值几月，去哪里最合适不过，若是不去不是得再等一年。思前想后，不觉月份已过，这才舍得放下那颗犹豫不决的心。若是我们非要赶着别人所说的巧合去走，也许反而是一种错过。

不早不晚，终归是来了，不追不赶，让一切顺其自然。错过了此而遇上了彼，又有什么遗憾。如果刻意去凑了那个巧，那还算是巧合吗？

也许每个人的人生都充满着巧合，而这些巧合又是注定要发生的事。可是当下那不经意的"巧"，常常像个意外的收获，令人惊喜。每一次的巧遇和错过又是环环相扣，这时的巧也许导致那时的错过，那时的错过又带来意外的巧合。或许每个人的一生，其实本身就是一个巧合，是他人生命里一份意外的惊喜呢。

有爱的世界 不需要完美

初中的时候，很羡慕戴眼镜的同学，总觉得镜片前方是我不知晓的另一个世界，好奇得也想看一看。直到某一天高中物理课堂上，因为看不见黑板上老师的板书，物理成绩很差的我急得掉眼泪，等到终于真正拥有了一副属于自己的眼镜时，却有些失落，镜片前方的世界不就是世界原本的模样吗？在我得到了心心念念的眼镜时，终于发现了它的不完美。

大学的时候，宿舍除了我之外，其余五个都是坐着火车来回学校和家。她们常常跟我说火车位置多么小、多么挤，有人直接就坐在走道上，还有人躺在厕所边，数次感叹回一次家有多么地艰难。那时的我连火车都没见过，更加想象不到她们所说的场面，更想不到未来的两年自己坐过的火车次数比她们四年坐过的要多得多。那些曾经让我好奇的场景如今像家常便饭，形形色色的人物都是与我擦肩而过的路人朋友，在她们而言并不美好的火车之旅，却成了我旅行中特别的一部分。

2013 年 5 月，当我第三次踏上云南大理这块土地的时候，要是还有羡慕的话，我羡慕自己。朋友们大概都以为我的想念终归是想念，想回大理也只能是说说而已，于是当看到我在空间更新的状态后，恍然这次是真的了。我羡慕自己还可以自我放任，把别人的"想想而已"豪迈地变成自己的"说走就走"。然而等我看清眼前呈现给我的是什么的时候，我在心里傻笑那些羡慕我的人，其实我过得并没有你们想象中的那么好，为什么不去追求你们想要的而来羡慕一个此刻并不幸福的人呢。后来我常常怀念"想念的时候"，它就像一朵骄傲的花朵，在送到喜欢的人的手中之前固执地坚持绽放，想念不在了，那朵本该凋零的盛开的花也就在喜欢的人的手里瞬间谢幕。固执死去了，换来真正的坚持。我想也许真正的坚持是在失望之后，而不是希望之前，但我依然感谢那有过的希望和期待。看我的完美世界又残缺不全了。看，我的羡慕又死掉了。

人民路一家店的老板被外地人抓着扇巴掌，一家酒吧深夜被砸，玉洱路惊现裸奔狂人，大理古城于我而言，似乎一夜之间变成一个发了疯的精神病人。人民路的摆摊文化沦落成四不像，大妈大姐的内衣裤、水果摊像一滴墨黑了一片清澈。摆摊人更新换代，用朋友的话说就是现在已经是摆摊人 6.0，马上要 7.0 了。我们几个人说着说着，悻悻然地笑了，笑得很忧伤。当每个人都把这里看成商机，用大把大把的钱把这儿砸成一个赌场，流着口水等着盈利的时候，当摆摊不再是一席自由自在的地，而是沦为争着抢着做生意的地盘的时候，不管是当地人还是旅行者都变得一是一、二是二，一场隐而未现的争夺之战必不可免。所以房价涨了，原来熟悉的店面不是转移就是转让，甚至有些店面开始向门口的摊主收取摆摊费。要走的人就走吧，谁让这里最不缺的就是人，空下来的地盘自然会有成群的人接着占领，谁还会记得你曾经来过呢？对于那些 80 年代就来过大理的人，这里早就不是当初的样子了，而对于去年才第一次来到这里的我来说，不禁也要跟着唏嘘：再不是原来的样子了。但我并没有想就此离去，我还爱它。一如这座宽容的城，从来没有遗弃一个孤独的人。坚持在失望之后，试着留下来见证它沧海桑田的变化，也未尝不是一种爱的延续。爱不起，就陪伴左右吧。我的羡慕没有死掉，或许它从不曾真正诞生，只是走着走着，便就到了。

柴静在《看见》这本书中引用了《半边天》栏目主持人张越的一句话，她说："阿甘看见了什么，就走过去。别的人，是看见一个目标，先订立一个作战计划，然后匍匐前进，往左闪，往右躲，再弄个掩体……一辈子就看他闪转腾挪活得那叫一个花哨，最后哪儿也没到达。"就像要做一道人人都夸奖的美味佳肴，却总觉得缺了什么材料，看着准备了很多东西，结果一道菜也没有做成。或许是为了让人生万无一失，几近完美，才容不得半点差错。然而有时候，追求完美恰恰会成为美的绊脚石，让人看不到美的所在。如果我们的生活没有那么多的拥有和不舍，如果我们能够干脆地释怀那么多的不完美，会不会也能那么无知无畏地走过去？

一个好朋友跟我抱怨她自己，明明正在期待一场计划中的旅行，但却是在一年之后，因为她要利用一年的时间准备一架单反相机、一些漂亮的衣服，再攒下足够的钱，才觉得一场旅行足够完美，不虚此行。她抱怨自己明知道这些都是身外之物，可是还是释怀不了对这种完美的追求。其实她不过是渴望自己能在心仪的地方留下一张张美丽的照片而已，又有什么不能理解的呢？只是我们再多的准备都弥补不了千疮百孔的世界，除非爱上它，否则我们不会满足，更别提幸福。

　　若是在一年之前，我可能会用自己的思想去劝说她，告诉她事事变化无常，告诉她不妨说走就走。可是现在我明白自己的想法是私人的，并不能为任何人妄作决定，唯一该做的不过是聆听，听另一个讲述她眼中的世界。有些人若不让他万事俱备，东风来了都吹不走他。可是，如果当你做好一切准备去迎接远方的世界时，却发现它并非你想象中的样子，你会怎么办？你会立刻否定了之前的想象，逃到下一个地方，还是依然欣赏着它？你能接受想象中无比完美，实际上并不完美的它吗？自私的游客喜欢趾高气扬地对自己去过的某个不中意的地方评头论足，他不爱它，还自认为一定是它不够好。

　　每个人都有他人嗤之以鼻的小毛病，每个人也都有他人羡慕不来的美好，我们都不会完美。可是，穷人有穷人的财富，富人有富人的贫穷，流浪者有流浪者的归属，上班族有上班族的漂泊。没有或好或坏，只有甘愿如此，甘愿承受。一个人只有懂得爱自己，爱你所处的世界，他的内心才会辽阔。不完美又有什么关系，你也可以过好你自己，然后对这个世界大声地说：你很好，我很幸福。

这个世界原本就不美好，就不用费尽心机塑造一个完美的自己了吧；这个世界原本就不美好，好在还有爱可以让它更好。

唱你的歌 哪怕没有观众

记得在《就想开间小小咖啡馆》中，作者王森说：旅行、读书和思考是人生中不可或缺的事。但于我而言，最不可或缺的一定是音乐！或许有一天，我不再热爱旅行，也懒得读书了，但一定还会塞着耳机哼着歌做着白日梦吧！

甚至有时候，旅行的目的并不是为了走多远、看多美的风景，仅仅只是希望在未知的路上可以遇见一些爱音乐、爱唱歌的人，像一群天真歌唱的孩子，脸上荡漾着纯真的笑。

像他们一样，做歌唱的孩子，一直歌唱在路上。

第一次认识他们，那时已经在大理待了快一个月，过几天就准备和旅舍里的另一个义工季姐结伴搭车去西藏，后来为了要听他们唱歌，推迟了一天。那时还没有那么多的街头表演者，古城里的城管也不太管，他们每天都能找到一个游客较多的地方，把音响、麦克风摆上，唱上两三个小时。认识他们是在国庆黄金周，因为听说古城里人山人海相当壮观，我和义工阳阳忙里偷闲，拿着我用自己拍的照片做成的明信片来做生意，顺便看看挤满了人的古城是什么样子。我们沿着红龙井走，一蹦一跳，一眼望去满满的人头让我们变得兴奋。这时一阵歌声传来，前方路口处围着一群人。我想，这个地盘不错，一边做生意，一边还有免费的歌听。

在这个人数越来越多的乐队里，有一组兄弟，坐在最中间。一个颇为文艺，长到肩膀的头发，黑黑瘦瘦的脸颊。灰绿色的毛衣穿在他的身上显得松松垮垮，一双简单得像是由两块牛皮拼成的皮鞋里，大红色的袜子显露在外面，看起来有些不修边幅。他的话不多，笑起来却像女孩一般羞涩。而另一个和他的哥哥长得极像，但少了那一份流浪歌者的气质，更像一个憨憨的邻家男孩。比起哥哥，他的性格开朗许多，是不是和周围的人聊天，笑起来很可爱。在他俩的身后，是三个会弹会唱的外国朋友，和他俩住在同一家客栈。其中还有一对情侣，默契地一弹一唱，十分亮眼。

慢慢地，在乐队旁边摆摊的摊主，包括我，也忍不住加入进来，有人敲非洲鼓，有人摇铃。乐器不够了，就去别人的店里借，还有人主动赞助了一个大音响和架子鼓，这下子阵容更加强大了。原本只是简单的卖唱，却召唤来一群天真的孩子一起玩音乐。路过的游客们都停下了脚步，围观的人越来越多，我想吸引他们的除了歌声，一定还有眼前这一群快乐的人儿。这般简单的快乐，这般快乐的歌声，我们都变成了前面那个打开的琴盒上写着的"歌唱的孩子"。

从那之后，我们几乎每天都来街上寻觅他们的乐队、他们的歌声，坐到他们当中一起唱歌。可惜后来他们白天很少出来唱，也没有了像那天那样的阵容，那样迷惑人的画面。第二次坐在一旁听歌时，只有他们俩，弟弟打鼓，哥哥弹唱，这才发现笑起来有些腼腆的他唱得那么好听。细腻柔软的声音，一首首抒情的歌，总是唱得让人安静下来。他们不像一些流浪歌手喜欢嘶吼，他们唱歌从来不会嬉皮，也不开观众的玩笑，不会幽默，只是唱着，有人往琴盒里放钱，就说声"谢谢"。阳阳说她之前就听过他们唱歌，尤其是那首《旅行的意义》，她觉得他比别人唱得好，这时他正在唱"你看过了许多美景……"。

再来大理时，他们已经从人流量最多的人民路搬到了不太热闹的洋人街上段路口，兄弟组合也只剩下弟弟，哥哥到酒吧当歌手。小小猪说街头表演的人越来越多，城管也越来越严，他也是唱了今天不知明天。年轻的男孩女孩很少经过这里，更少有人会坐下来听歌，跟着一起唱。晚上帮他一起收摊，他背音响拿吉他，我帮忙拿话筒架，在他住的客栈外面，我们打开琴盒，在月光下数钱，他又"嘿嘿嘿"笑着，把大面额的纸币塞进自己做的皮夹里，留几张小面额的放回琴盒。有时觉得他的笑有些沉重，不是真正的快乐，不知为什么。

某天晚上，我照旧在小小猪卖唱的地方坐下来，拿出一本从图书馆借来的书，借着路边微弱的灯光在看书。这对歌唱的孩子早已成了我在大理的生活中不可或缺的一部分，我像在赴一个和朋友不用约定的约，不单单为了听歌而来。这时来了个阳光帅气的男孩子，他买了三瓶矿泉水，分给我们一人一瓶，接着站在我们面前听歌。他说自己来自大理弥渡县，刚刚当兵回来，还不到20岁的年纪。当兵的日子很累很苦，他一直想着快点退伍，现在终于退伍了，回到了家，一下子轻松了，他反而迷茫了，不知道自己该做什么。他很羡慕我们，看起来那么快乐。

他问我："你也会唱吗？"

我信誓旦旦地说："会啊。"

他惊讶地笑笑。

"小小猪，你休息一下，我来。"我对小小猪说。虽然在街头跟着唱过歌，但是自弹自唱还是第一次。因为眼前是这个十分真诚的男孩，所以并不怕弹错了丢人。小小猪很不放心地站起来，拿起旁边的矿泉水站到了那个男孩的身边，一副等着嘲笑我的样子。

"我唱一首《童年》吧。"接着蹩脚地弹起来。唱了两段不知道下面的歌词，招致小小猪一阵嫌弃。

"会五月天的歌吗？"那个男孩说。

我眼睛一亮，他居然也喜欢听五月天，兴奋地说："会啊。我会《温柔》，就会这首。"前面两句弹唱得好好的，到了最难按的 Bm 和弦，卡住了。

"哎呀，别丢人了，下来下来，客人都被你唱跑了。"我被小小猪无情地赶下来，那个男孩子听得很开心。

我们互加了 QQ，他准备去和朋友会合。原本是和朋友一起来大理玩，逛着逛着，他一个人逛到了这里。

后来有一次在 QQ 上聊天，他说他也希望自己有一天可以在街头快乐地唱歌。我后悔当初怎么没有邀请他坐到我们的队伍里，一起唱首歌。也许他也会弹吉他，也许他唱歌还很不错呢。也许，他在心里轻轻地唱过了……哦，他也是那个歌唱的孩子。

三回大理，小猪去了双廊镇的一家酒吧驻场，小小猪依然在那个游客稀少的地方卖唱。回到大理第一天晚上便去老地方拜访他，他完全没想到我会回来，笑得像个孩子。那天，他的身旁还坐着一个长相十分清秀干净的姑娘，穿着长裙，印象尤为深刻的是那双大红色的大理绣花鞋，穿在她的脚上，非常漂亮。小小猪大方地帮我们互相介绍，我突然发现一个人卖唱的小小猪其实并不孤单，人再少的路还是会有人经过，再少人驻足的歌声也还是会有人坐下来。虽然当每晚收工时，琴盒里赚到的钱并不多，但那些初见的新朋友和离去的老朋友何尝不是一种收获，也许这正是那些歌唱的孩子们觉得最美妙的事，就像当初那场街头欢唱会。

"想听什么歌？"小小猪问我。

"《礼物》。"流浪歌手都喜欢弹唱许巍的歌，旅行的我们也是，百听不厌。

小小猪笑着说："一个想听《旅行》，一个想听《礼物》，那就先弹《旅行》，怎么样？"小小猪说的前面"一个"就是那位穿着红色绣花鞋的姑娘，这么凑巧，我们都点了许巍的歌。

"阵阵晚风吹动着松涛，吹响这风铃声如天籁……"，我们跟着吉他的拍子一起唱着歌。姑娘说明天就要离开大理了，今晚是最后一次来听歌。好像第一次离开大理的我。这场景真像这首歌里唱的，"总是要说再见，相聚又分离，总是走在漫长的路上……"，这就是旅行。

"要我怎么说，我不知道，太多的语言，消失在胸口……在寂静的夜，曾经为你祈祷，希望自己是你生命中的礼物……"我们走了这么多的路，等了又等，好了又分，是不是都在寻找那个渴望把自己变成礼物送往他生命中的人。此时，有三个孩子，正一首接着一首唱着他们的童谣。我们并不认识，只是在歌里相遇，如果没有歌唱，我们不知道该怎么诉说。

那年7月，在人民路上，我又遇到了一群歌唱的孩子。他们驻扎在大理四中门口，每天从白天唱到黑夜，并以对面一家卖明信片兼酒吧的店的地址命名，叫作"人民路138号"。乐队里有大叔，有学生，有北京青年，有大理彝族阿黑哥，还有一个爱穿裙子的灵魂主唱。开始只有一个人卖唱，接着两个、三个，到五个。在这之前，互不相识。每天晚上，这里几乎是大理古城里最热闹的一处，经过的游客有的席地而坐，有的站着围成一圈，几乎要把这条路段给堵住。他们唱"三十年前找不着今天找到了，今天找着小姑娘不是我的哟，可惜了可惜了，不是我的哟"，他们唱摇滚赶死版"所以那些可能都不是真的，董小姐，你不是一个没有故事的女同学"，还唱"如果我老了，不能做爱了，你还会爱我吗"，甚至看到一个漂亮的姑娘经过，还会临时创作一曲"对面那个姑娘哟……"，歌词大胆口味略重让人不忍直视，但观众们总是安静地听歌，不管男女老少，都被这几个小伙儿迷住了，我也是。

他们太潇洒了，是很多人无法放下、无法企及的潇洒。每一个他们都是他们自己，每一首歌都唱在心里。他们享受当下，享受流浪，享受歌唱，让人羡慕又感动。一个个大男孩，竟也动人起来。若再回到大理，一定要在某个夜晚，在星空下，在人民路上，在那些来自五湖四海的粉丝中，静静地听歌。

　　歌唱的孩子们，没有了你们，没有了那歌声，大理于我，便好像真的少了什么。甚至，好像不再是我心心念念的大理。愿我们就这样歌唱下去，愿大理处处笙歌。

消失的光年

　　"每个人是每个人的过客，每个人是每个人的思念……"，这是一个叫作"大乔小乔"组合唱的《消失的光年》。在那之前，我从来没有听过这首歌，也不知道这个有趣的组合。至今不知道，我对于他，是过客，还是思念……

　　那是第一次离开大理的前一天，一向慵懒的阳阳躁动不安地叫着："行李都还没有开始收拾啊。"我突然应和她说："不然我们推迟一天走吧。"接着矫情地喊着："我还没听够他们的歌啊。"另一个女生义工小俊警觉地说："你不会是喜欢上那个小猪了吧。"接着肯定地说："你们不可能的。"我没理她的话，只希望可以多留一天。阳阳没意见，她终于又可以拖延一天收拾行李了。这一天，她俩一起帮我选了一首王若琳的《迷宫》，一整天都在练唱，因为我决定最后一天要和他合唱一首歌当作告别。可惜的是，第二天居然下雨了。

　　没有想到这一天居然会下雨，我们俩还是跑到街上，没看到他们，又不甘心地跑到小猪当学徒的一家皮具店里，两人果然都在。小小猪"嘿嘿嘿"，笑着问我们怎么还在，我们笑笑没有多说。小猪看到我们，只是笑着寒暄几句，便埋头到工作中。我一直看着他，他都好像没有发现。过了一会儿，小小猪说他没有玩过豆瓣，让阳阳到对面客栈用电脑教他，突然留下我和他，十分尴尬。他终于停下手中的活，问我："想唱歌吗?"我说："想啊，就是来听歌的，可是你一直在忙。"他不好意思地拿着琴翻着琴谱，开始一首接着一首唱起来。不去管那唱的是什么歌、歌词里写什么，只是听着他的声音，突然忍不住心生一丝感伤。最后他翻翻琴谱，说："这首歌唱给你。"我一下认真起来。这是一首我从来没听过的歌，虽然很认真地听，还是没能听出歌里的意思。我问他这首歌叫什么名字，他说《消失的光年》。

晚上回到旅舍，我兴奋地跟她们说他特别唱了一首歌给我，那两人无视我的花痴，蒙起被子玩手机，只有我，坐在床沿，拿着手机百度"消失的光年"，这才知道了一个叫作"大乔小乔"的组合。我反反复复地看着这首歌的歌词"每个人是每个人的过客，每个人是每个人的思念……"，兴奋感瞬间荡然无存。只是不停地思考：我到底是他无数过客中的一个，还是思念，为什么要唱这首歌给我，到底想表达什么呢？我固执地希望是思念，因为"过客"未免残忍了些。

再次回到大理，不过是一个月之后的事。从西藏出来到达成都，便不知去向。犹豫了几天，终于鼓起勇气给他发了一条信息：我想回大理。他回：那就回来吧。看到这几个字的时候，再也没有犹豫，买了车票，返回大理。

街头歌唱的俩孩子，只剩小小猪一个了。当我出现在他面前时，他笑得很开心，但并没有觉得非常意外。来来去去的人，对于他们来说，并不稀奇。我问他："你怎么到这个角落来唱歌了，人这么少，这么可怜。""没办法啊，现在城管管得严啊。""你哥呢，怎么就剩你一个了。""他到酒吧唱歌去了。""哦，他晚上不会来吧。""不会……""如果他要来，跟我说一下，我就不来了。"话说出口，真有一种此地无银三百两的感觉。

　　这期间，我在大理找到了工作，晚上不上班时才会来听听歌，有时去了他不在。过了半个月，有一天我坐在一旁听歌，他说："我哥一会儿会来。"我说："没关系。"总不能刻意躲着不见吧，可还是有些紧张。没过一会儿，他果然来了，带了一把尤克里里。看到我，他一点也不意外，只是轻轻笑了笑说："好久不见。"我回答："好久不见。"然后便不再说什么了。小小猪抱着吉他弹唱，小猪在一旁抱着尤克里里"捣乱"，他在试着和上弟弟的音。他经常等轮到酒吧其他歌手唱歌时，就跑到弟弟的小场子助唱，半小时之后就要回去继续唱，那是他的工作。那个历经风霜的琴盒上依然写着"歌唱的孩子"，而曾经一起歌唱的那些孩子呢，都散落到了天涯，是音乐让我们从此记住了彼此。

　　"我要走了，要不要去我们的酒吧玩玩。"他回头微笑地对我说。

　　"好啊。"原本努力克制住的情绪遇上他的一点主动，忍不住就跟着走了。

　　我们在去酒吧的路上有一搭没一搭地聊着，我尴尬地在脑海中找寻，还是找不到合适的话题。走到一家老旧的乐器店前，他突然停下脚步。那家店里摆放着许多不同的乐器，小提琴、吉他……虽然已十分陈旧，却很有味道。他温柔地看着店里的乐器，我温柔地看着他。

回到酒吧，我跟着他进去坐在临近舞台的位置。酒吧很小，几张木桌木椅，还有一个只能容纳两人的吧台，搭配上几盏黄黄的灯，很温暖。换他上台表演了，依然是那样腼腆的笑容，而令我惊讶的是，他居然学会跟观众互动，给自己演唱的歌曲做开场。他变得不一样了，活泼了许多，也许那是酒吧老板要求的吧。他唱《南方》、《中学时代》、《我只在乎你》、《味道》，还有《You are Beautiful》，在我听来，十分动听。酒吧里不乏那些猎艳找醉的粗汉，兴许唱一些粗俗摇滚更合他们的口味，但小猪从来不会唱这类歌，他已经很努力地大声说话来带动气氛，至于唱歌，他适合抱着吉他静静地唱，和观众的互动，哪怕一个眼神，都要不得。所以我喜欢托着下巴安静地看着他唱，就算他的眼神偶尔落在我的眼睛里也不害羞，因为他一直都在歌里。

我爱上了这个酒吧，准确地说，是爱上了这个他在里头唱歌时的酒吧。若是这周面包店安排我上早班，那么我就天天晚上都跑来听歌，不管有没有被邀请。酒吧里的伙计知道我是他朋友，不会要求我消费，只要店里客人不多，我随便挑个空座位也不碍事。极少跟酒吧里的伙计聊天，更别说客人，就连小猪，在他休息的空当，我们也不常说话。我算是这个酒吧最奇怪的"顾客"，不聚会不喝酒，自己来，等他走。他从来不问我为什么等他，也从不介意，从没说"不用等"之类的话，似乎假装不知道我为什么而来。晚上他回住处，我回旅舍，我们有一段同路，他不言我不语，但其实内心早已乱语翻腾。

我们就这样悄无声息地在同一条路上走过一个又一个夜晚，而那一句"你到底喜不喜欢我"，我始终问不出口，也许因为矜持，也许因为害怕失望。终于有一天回到旅舍，坐在马桶上大哭了一场。第二天继续重复走在那条路上，和他。没有结果……

年底将至，辞了大理的工作，用攒到的钱买了张回家的机票。离开前一晚，我邀请小莫、阿蓉、王伟和三炮一起去酒吧听他唱歌。王伟是个民谣音乐发烧友，刚进酒吧时还有些不知所措，音乐一响起来，他立刻满意地跟着点头唱起来，像个老头。我们点了两份爆米花，最后都被默默无声的三炮解决完了。

阿蓉说："他唱得真的挺好听的，我都要哭了，哎。"

小莫说："秋，真的就这样回去吗？哎。"

我没有说话，听着歌泣不成声。平时话最多的她今天也不知道说什么，只是跟着我掉眼泪。从来没有见她哭过，印象中只有她嘻嘻哈哈的笑脸。

他说："明天有一位朋友要离开，在这里祝她一路顺风。这首歌送给她。"

没想到他会在现场给我送别，我听到了，却不敢抬起头看他。他依然假装不知道所有的事情，不知道我带着朋友来听他唱歌，不知道此时我的难过和不舍。给了我一个大方的告别，释怀了他自己。

我曾用心地来爱着你

为何不见你对我用真情

无数次在梦中与你相遇

惊醒之后 你到底在哪里

不管时光如何被错过

如果这一走你是否会想起我

这种感觉往后日子不再有

别让这份情换成空

你总是如此如此如此的爱我

我却是多么多么多么的冷漠

事隔多年 你我各分东西

我会永远把你留在生命里……

一曲唱完，只记得其中一直重复的那两句"你总是如此如此如此的爱我，我却是多么多么多么的冷漠"，我在想，他是特别选的这首歌吗？这歌词……也许他并没有假装，只是不知道如何表达，而这，便是他的方式，是他心底最想说的话，是他最温柔的抱歉。后来才发现，这首歌是他帮我唱的，唱出的其实是我的心。是他把那句"你总是如此如此如此的冷漠"中的"冷漠"偷换成"爱我"，把"我却是多么多么多么的寂寞"中的"寂寞"偷换成"冷漠"。这才逼得那个不愿多说的自己说清楚了。他

110

的无奈，他的说不清道不明，淋漓尽致。

曲终人散，我频频回头和他告别，他会意地微笑，便给我留下了背影。我和朋友们在路口分手，我们拥抱着，她们说："秋，要再回来。不要放弃，我们等你。"我边退后，边向她们招手，笑着随口说："我会回来的，我会继续回来找他的。"在大理古城寂静的夜里，连声音也变得干净，我被自己的话逗得乐了。其实那时没有想过会再回大理。

过了不到半年，我果然又回来了，但已经不再为了他，而是实在想念在大理的生活。那时他已去了双廊的酒吧驻唱，我们没有机会见面。有一天，他突然跑到店里找我，还请我吃蛋糕。吃完了蛋糕又邀请我下周等他回到古城，去他家吃饭。既然他能那么释然，我还有什么好扭捏。再后来，他喜欢上我们店里的一个女孩。小莫和阿蓉怕我伤心，不忍心告诉我。她们不知道，其实从那时起，我终于可以释怀，终于清空了自己的心，不知多畅快。我欣喜的是，他终于也遇见了喜欢的人，一如当初的我。我看着他如何从一个被动的人被"喜欢"逼得主动，看着他如何默默地来，又默默地走。看着他仍是那样地笑着想说却不敢说。可惜那个女孩已有男朋友，我不再看下去……

"每个人是每个人的过客，每个人是每个人的思念……"，为什么非要弄清楚到底是"过客"还是"思念"呢？是过客的也会思念，是思念的终是过客。既然我已经那么努力地走到你的面前了，于我，已勇敢了，没有遗憾。做一个思念的过客，亦是心甘情愿了。只是在茫茫人海中，要遇见那个你倾心的又倾心于你的人，并不容易，了然了便好。"过客"还是"思念"，清晰的不是言语，明了的你是否读懂的心。

《消失的光年》，我听懂了。在我的心里，你的歌声依然是动人的。再唱给下一个人听吧，不管她是过客，还是思念……

爱情在过她的小日子

在网络上看到一个关于现实爱情的帖子：朋友说要结婚了因为不小心有了孩子，朋友说要结婚了因为父母之命，朋友说要结婚了因为年龄大了，朋友说要结婚了因为前一段感情的伤害，朋友说要结婚了因为对方的条件还不错。很多的结婚理由，可为什么听不出感情中半点喜悦悲哀。我仿佛已经好久没有听过有一个人说他要结婚是因为他很爱一个人，想跟他永远在一起……

看到这里，突然恍然大悟，好像现实真的是如此，只是人们不善总结。之后淡淡一笑，庆幸还有人在如此温暖地慨叹，想来那也是一个在静静等待爱情的人，在等待那个因为相爱才结婚的人。这份坚持，不知要温暖多少同样在等待的心。而当下有多少人，或因父母，或因自己，不愿让自己一个人，而勉强拼凑另一半，又有多少人，是因为不愿让他一个人，而去完整彼此的人生。

想起我那十几年的好朋友，想起她曾经如何在爱情里欢呼雀跃又失魂落魄，想起当初那个多么天真无邪、自矜自重的女孩，最后也是对爱情妥协了，这让我不再敢轻易对那些无爱的情分嗤之以鼻，渐渐地也把这些看成了常态，也是麻木了吧。

第一次听她说恋爱了，还是在念大二的时候。听到消息的我开心得心花怒放，觉得那个内心当中最该得到幸福的人终于要幸福了，还天真地以为，那应该就是她永远的幸福了。我想我们大概都是那种认定了一个就不放手的人，既然爱就爱了，往后怎么会有不爱的理由。然而，再次听她提起"男朋友"的时候，早已不是原来的那一个。她也从来没有像这样，把一个男生时时刻刻挂在嘴边，几乎充满了整个通话。

后来，令她万万没想到的是，那个男生竟然要去南非工作。出发前他提出要和她分手，她不愿意，几乎是恳求道："我可以等你。"可是男生却说："可是，我对你没有信心，对我自己更加没有信心。"她失恋了，像一只受了重伤的燕子。她把自己藏起来哭了很久，逼迫自己忘记他。都说时间是最好的治疗师，可是连她自己都没想到，走出这段悲伤，竟要花上如此漫长的时间，试着接受彼此已经不可能的这个事实，竟要消耗全身的力气。可若是谁不知好歹地提起他，她的眼睛又要变成那关不住的水龙头，哽咽着反问我：你知道我花了多长时间才忘记他的吗？曾经，她不愿让他一个人，最后竟落得自己一个人。

最近一次听她说起"男朋友"，语气明显平淡了许多。还催促我赶紧回来见面，否则再见时，也许她已是别人的新娘。她不再跟我"炫耀"甜蜜和争吵，而是抱怨这个和自己在一起还不到两个月的男友天天黏着自己，不懂给她私人的空间。

"可是你们才恋爱两个月，他当然要黏着你、讨好你，才好追到你啊。"我居然在替她的男友辩护。因为觉得在爱情里，她已经开始任性了，不像当初那样单纯。

"如果你不够爱他，为什么要在一起呢，这样对彼此都不公平不是吗？"我直截了当地质问她。

她轻松地说："他家庭还不错，人还不错，对我还不错，只是还不错……但是我们可以在一起。"好像一切理所当然。"而且，我已经工作快十年了。"

她戛然而止，我哑口无言。

爱情输给了年龄，"我不愿让你一个人"追不上"我不愿让我一个人"。不管是谁追随着谁，都不如相随。像在大理遇见的这对小情侣，没有什么比相濡以沫更让人感动。

他们，是我羡慕的一对神仙眷侣，平凡简单。女生是在大理工作时的同事阿蓉，最爱抱着小小的上网本吃着零食追着肥皂剧。而身旁那个被她唤作"小二"的男生王伟，便是她来大理最大的原因。正是为了实现男朋友寻找自由的梦，她辞了城市里的工作，抛下原本生活中的一切，还带着些许不情愿和不甘心相随而来。那时，她在面包店上班，他待在家里，在网上写策划。每天下班，他都来接她，两人手牵着手，沿着人民路逛回家，在一处四季开花结果的大理院子过着平淡又滋润的小日子。有时，我觉得他们是青梅竹马的隔壁邻居，原本还是两个放学一起回家的小学生，牵手走进同一个院子再被各自的母亲叫回家吃饭。某一天突然长大，两人自然而然地成了亲人以及最亲密的爱人。

若是时间凑巧，我和小莫也常常买上两瓶饮料去他们的院子蹭饭，阿蓉烧菜，我们洗菜洗碗，有时小莫还会加上一道她的招牌菜：可乐鸡翅。大家各司其职，就连他俩的同伴"三炮"，也会跑跑腿、买买菜。只有他，只吃饭少做事，自然少不了被她抱怨几句。虽然两人也为生活中的锅碗瓢盆小吵小闹，也有意见不合恶言语相向的时候，但依然在一起。一起下班、一起买菜、一起旅行、一起爱自由。

2013年夏天，在大理住了一年之后，他们决定用这一年中攒下的积蓄去西藏，去大西北，去寻找下一个适合的地方住上一阵子，像在大理一样。不过一个多月之后，他们又回到大理来，我们又遇见了。晚上，四个人约着一起吃烤鱼，还是不久前才为他们饯行时去过的那家。相聚分离，对于我们来说都是快乐的事，因为相聚是相聚，分离又是另一种相聚。

"这是庆功宴，庆祝我们活着回来。"阿蓉说。有一种义士还生之慨叹。

因为他们刚刚才结束历时一个多月的旅行，从大理出发到拉萨，经由大西北一路辗转又回到了大理。想起路上的大雨以及坠落的大石，他们仍心有余悸。而在大理积攒了一年的积蓄，也因为"一天两百块"的旅行弹尽粮绝。

"一天两百块啊，一天两百块啊——"王伟故作愤愤不平，用蹩脚的云南话自嘲那份不甘心而又心甘情愿，惹来我们一阵大笑。原来，阿蓉在旅行途中也不由自主地过着和在大理时一样的生活，水果零食、街头美食让她无法抵挡，不知不觉就斥了"巨资"。我想，对他们来说，也许旅行中的目的地并不重要，也许根本就没有目的地。对大理的习惯和依赖，使他们并不担心流落何处。这就是他们的旅行，一年的积蓄在一个多月的旅行中，吃光了。可是不着急，他们携手的日子还有那么多，暂且把这一生都当作是一场慢慢之旅。

此时坐在一旁的她已经羞得低下头不敢说话了，王伟依然振振有词、不依不饶。我察觉着这其中的小甜蜜，似孩子般的天真可爱，是尊重，是包容。只觉得，他们是要一生相伴下去的一对，最平凡而简单的日子，却是多少人求之而不得的。他们的爱情，几乎是让我钦慕的。

日子过得真快，他们在大理居然住了快两年了。有一天，她在 QQ 空间里写道：小二最近也爱上吃零食，时而催着我做油炸，让我去超市买吃的。小二最近压力也很大，我去上班的时候他一个人在院子里，听自己的心跳，呼吸一个人的空气。小二最近也很勤快，吃完的饭碗收拾好后立马洗净，洗衣机的衣服会主动拿去天台晒好。小二最近，怎么了？小二说看《来自星星的你》，是为了更加接近我，了解女人的心理。别说是女人，连他也喜欢长腿欧巴，爱他的才华、财富、笑容……

看着这些文字，就像听着她内心温暖涌动却貌似波澜不惊地叙说，让人窝心。没想到我眼中那个有些大男子的男孩竟也操持起家庭琐事来了，那个每每吐槽偶像剧不懂少女为何花痴的男孩竟也爱上了都敏俊西。他居然在用女生们一贯痴心的方式去忙她所忙的事，做她喜欢的事。像《我可能不会爱你》当中的李大仁说的，是不是看过你看过的世界，走过你走过的路，就能更靠近你一点。而这趟旅行的开始，她不也是为了要陪他一起走路看世界而来的吗？

我被他们那日复一日却简单、快乐的小日子打动，更为他们互相扶持、互相陪伴的爱情而感动。她爱生活中的细节琐碎，他也去尝试，他爱自由，她陪着他。浪漫对于他们来说，也许并不是耳边的甜言蜜语，而是像亲人一般相伴着，度过人生漫长的岁月。未来，即使没有洁白的婚纱做嫁衣，大理那淳朴的民族扎染服饰亦是最美的装扮。列夫·托尔斯泰说过，幸福的家庭都是相似的，不幸的家庭各有各的不幸。可是换做爱情来说，在我看来，不幸福的爱情都是相似的，只有幸福的爱情才是千变万化、多姿多彩的。

像电影《北京爱情故事》里那个设计房子却没有属于自己的房子的陈锋和不屑于一个不爱的人给的就算价值上百上千万的房子的沈彦。人群中那不经意的一瞥，他随了她，贫贱夫妻百事哀，她还是随了他。和自己爱的人相依相伴，谁又能说他们不幸福呢？

"我不愿让你一个人，一个人在人海浮沉，我不愿你独自走过风雨的时分。我不愿让你一个人，承受这世界的残忍，我不愿眼泪陪你到永恒……"希望越来越多的爱情不是因为父母、年龄、条件，而是因为相爱而相随，因为"不愿让你一个人"。

最后，希望我的好朋友能够获得幸福的爱情，祝福那一对院子里的小情侣爱情长长久久，也祝愿自己能够始终自矜自重，去遇见那份上天赐给的美好礼物。

我们不仅正常 而且幸福无比

　　记得那时刚到拉萨的第二天，舜子带着我去见他的一个朋友。那是一个性格直爽的女孩子，那次是她一年内第三次到拉萨了。还没来拉萨时，她从来没有想过自己会来第二次，更加不会想到这么遥远的距离，她居然轻易地一来一回，就像坐公车往返公司和家里一样，为了和同伴讨论即将在拉萨开启的新事业。记得她曾以十分不可思议的语气说，回到家里，所有人都以为你是神经病，到了拉萨，你会发现你比谁都正常。我被她那幽默的感悟逗乐了，又恍然大悟事实确实如她所说。一个人在他人眼里正常与否，得看他和别人的区别有多大。

　　而我，恰好也认识一群不太正常的人。他们不去找一份体面的工作，跑到大理来摆摊。不去过规规矩矩又稳定的生活，就算这一天都没有收入，也乐在其中。他们中有资深的媒体人，有画画非常好的画者，却过得很低调。他们不把这种挣钱的方式叫作工作，晒晒太阳，聊聊天，唱唱歌，一天不紧不慢地过去了，好像也是一种收获。

　　那天，是一个男生的妈妈的生日，他说："你帮我弹《真的爱你》

吧，我想唱给我妈妈听。"我弹他唱，这一小段路摆摊的几个摊主如往常一样，扔下摊子，都过来一起唱歌。唱完一曲，他对着电话说"妈妈"，我们大家一起大声喊："生日快乐。"这首歌他唱过很多遍，因为我们当中只有他唱粤语唱得最好，弹起来很好听的几首粤语歌曲，都是他主唱。

这是一个阳光的小伙子，看起来像妈妈的乖儿子。和其他一脸黝色、留着胡须、有些不修边幅的侠客型男生不大一样，他像一个流落在此的穷书生。他说他也想学尤克里里，但是要等他摆摊赚了钱才能买琴，于是没过几天，就看到他摆了个大桌子在街边，卖帆船模型。第一次在大理古城看见卖帆船，虽然很特别，可是谁会来买帆船呢。我好奇地上前一看，帆船有大有小，价格还不便宜，模样倒还挺精致的，对于如今满地佛珠、民族首饰的摊子来说，也是一个不错的创意。

从那以后，他很少来和我们一起唱歌，我也不知道他的帆船卖得如何，更没有见到一个拿着尤克里里向我走来的他。只是离开大理的时候，我还想到他，想到他还没来得及买琴，我还没来得及教他，大家就分开了。他惊讶地问："你要走了？"完全没有想到一副要在大理落地生根的我也要走，而且是说走就走。我有些愧疚，因为一度认为，他卖帆船，是想快点赚到钱买琴吧。

夜晚的古城，寥寥的路灯，照亮了路，却照不亮眼前的歌词本。隔壁摆摊的一个男生很专业，随身携带小手电。于是每天晚上，他就举着小手电，站在我们身后，把所有的光聚集到地上那本小小的歌词本上。他和他的手电太重要了，因为弹琴的我不记得谱，唱歌的他们不记得歌词。若是他的摊子来了客人，就要着急地找个人来帮忙举一下，强烈的白光在歌本上晃动，唱到一半的人总要紧张一下。

他的摊子就在我旁边，各式各样的佛珠铺开来，占的位置是其他人的两倍。无疑，他的生意是最好的，摊子够大，种类够多，人够啰唆。他的普通话极不标准，最典型的是把 yu 念成 yi，像我高中时候的地理老师，"yi 热同期"就是"雨热同期"，"yi 言"就是"语言"。说话时声音像是从嗓子里冲出来，一点也不含蓄，说多了就觉得有些吵闹。可偏偏他就是爱说，随便一个话题，他的观点总是一箩筐。就像他卖的佛珠一样，一串又一串，充满了别人听不懂而他固执坚持的禅意。这时候其他人是插不上嘴的，最好话也别想说，光看着他串串佛珠，不去理会，也甚是可爱。若有人不知好歹，非得辩论一番，好削一削他的锐气，他才懒得理你，转起手上的一串佛珠，读起他最爱的《金刚经》，那虔诚的样子就冷不丁泼你一身冷水。这时你一定会一脸莫名其妙：这什么人啊这。而旁边围观的人定要偷乐。

他不像我们大声唱歌，却乐于举着手电加入我们的队伍。也许他很久没有和一群人一起唱流行歌了，也许他五音不全很少唱歌，但他一定是喜欢音乐的，而且现在已然是这个街头组合里不可缺少的一员。

后有"照明师"，前有"灯光师"。那是我的老乡，一个沿着中国疆界的边角搭车徒步来到大理的旅行者。寸头、黑脸、下巴一撮小胡子，也不知道他这一路是怎么走的，把一个年轻的小伙儿整成了沧桑的大叔。他的摊子卖书签，各种系列样式，都没有见过，在大理古城算是独一无二。我看着那些漂亮的书签，想着来此旅游的人怎么会买书签呢，可是他的书签居然卖得还不错。看来只要是特别的东西，不管在哪里，都会引人注目。

"灯光师"找来一个会发绿光的神奇手电，绿光在我们的身上照出一个个圈圈，再加上他不时地摆动，就像在我们的头顶加了一颗上海滩歌舞厅的旋转球灯。惊喜的灯光在我们眼前晃动着，大家连连叫好，就算是小小的街头表演也像模像样起来。为了不挡住路过这里想要听歌的人，他向后退得更远了，把灯举得更高了。绿绿的光圈因为距离的变化，忽大忽小，他又试着从不同角度朝我们照过来，又是不同的效果。几个置身在歌里的人，并不知道被旋转的绿光围绕着的场景，直到看到热心的摄影师小胖拍下来的照片，忽觉得我们真像舞台上忘乎所以的孩子。

　　这是一个简单而热心的男生，他把这些都当作是自己的事，而且乐在其中。高举着手电晃动着灯光，从没有说累了要换人，看到有人经过，便诚恳地朝他们大声说："坐下来听首歌吧，不用钱的。"他希望路人可以停下匆忙的脚步，静静地坐下来听一首歌，而好过扔下钱就走了的。不修边幅的外表也许让人一眼看去以为是个木讷粗糙的流浪汉大叔，其实他比谁都要热心、细心。旁边的摊位来了客人，他帮着摊主推荐，哪个摊主去玩儿了，他帮着去收钱。他的心比我们所能看到的单纯得多、平静得多，在他的观念里，似乎互帮互助是理所应当的事，每个不相识的人原本就是一家人，生活原本就应该是美好的。那一张在旅途中逐渐沧桑的脸，微笑着、思考着，敞开了一颗明亮而柔软的心。

　　某一天，在古城闲逛时突然看到他举着一张写着"免费拥抱，男女不限"的卡纸站在路边，我很惊喜，只是笑了笑，却没有想到上前和他来一个大大的拥抱。想来在我们一起摆摊的那些日子里，每一个微笑，每一句话语，每一首歌曲，都是一个个温暖的拥抱了吧。

大理夏季的夜晚比很多地方都来得晚，晚上八点时日头才逐渐落下，阳光才从墙上慢步走开。记得某个太阳下山的晚上，那个胖胖的姑娘跑过来问我："什么时候唱歌啊?"我说："那就开始唱吧。"她不挑歌，不管会不会唱都快乐地摇头晃脑。人家说心宽体胖，说的不就是一整天乐呵呵的她吗。大理不仅摆摊文化好，读书氛围也好，懒懒的下午没什么人经过，好多人都是手捧一本书，席地而坐。乍看过去，姿势不一，伸腿的，跷脚的，并不好看，但是没有人在意，只要舒服就行了。深刻地记得，那些天她在看三毛的书，我们还聊了一会儿三毛。

七八月是旅游的旺季，到了9月份，路边摆摊的人越来越少，越来越多的人收拾起包袱，依依不舍地走到大丽路上伸手招车，搭车去往远方。几天前，一个卖手链的姑娘也买了一把尤克里里，带到路边来让我帮她调音，她突然说，过两天就要去四川支教了，买把小吉他，闲着的时候还可以学学。那时离我将要去泰国义教的日子还有半年，我看着她，像看着一个同甘共苦的同伴，有些惺惺相惜。这些日子她的摊子上剩余不多的手链一条五元，也卖得差不多了，甚至已经打起了"小朋友路过白送"的口号，果真是清货的节奏了。接着是来云南旅游的北京男孩，十天的假期光花在了人民路上闲逛听歌，哪儿也没去。而后，我坐上向北的火车，奔向北国哈尔滨，"灯光师"继续徒步搭车睡帐篷去西藏，"摄影师"说他每年都要来大理一次，待上一个月，还没来得及完成环游梦想的小C带着迷茫回到成都。很会画画的大哥还在大理画风景卡片、画壁画，在对面小饭馆打杂的高个子叫"藏獒"的男生当服务员也不亦乐乎，剩下的人，还没想好……

一个弹不好唱还勉强的我，一场连音响麦克风都没有的街头卖唱，却因为他们的热心，让我自信了许多。每晚的卖唱，他们甚至比我还要重视、还要用心。我唱着好玩，而他们让这份快乐翻了无数倍。令人感动的是，我们都是独自而来，离开的时候，却有告别不完的朋友。我们都在习惯陌生人的好，也在习惯对陌生人的好，这本没有什么好奇怪。还要说什么呢，还是走吧，还要留下什么呢，像从没来过一样吧。

　　那时候我很爱唱《那些花儿》，每次唱起时都会想起远方的朋友们，想起我最先散落到离他们最远的天涯。而现在，我还喜欢唱这首歌，但想起的却是那时陪着我一起在街边唱歌的他们。他们才是真正被风吹走，散落在天涯。

　　赫尔曼·黑塞说得好，"最好是享受那种身无所属之感，最好是去寻找而永不找到……"那些远去的人，逝去的光阴，使我心安。

我那男室友教我的事

在农村，每户人家的生活都离不开邻居。东家一盘菜，西家一条鱼，礼尚往来几乎是生活中的一种习惯。我的邻居又邻着其他的邻居，如此延伸而去，最后又围成一个圈，一个村子就像一个大院子，没有谁不认识谁。可惜现在大多数人生活在大城市，独门独户，无论进出都锁着门，就算是对门而居也不见得彼此都认识，更别提什么"远亲不如近邻"了。

而我之所以喜欢大理，正因为它小得让人有一种相邻而居的感觉。游客们住的旅舍客栈大多也是大理院子，进进出出总会看见一群人坐在院子里聊天嗑瓜子，有人聊着聊着就结识了志同道合的朋友，有缘的也许还能结伴同行一段路。我常常为那院子里浓浓的生活气息而着迷。

来到大理三次了，义工时住的旅舍、工作时住的员工宿舍也都是白族大理院子，但也许是住的地方和工作有关，又彼此相熟，所以不太有邻居的感觉。这次终于辞了工作，在一处院子里租下一个床位。住在这里的人来自五湖四海，以自己的方式在大理生活，他们在这小小的院子里相邻而居，是这里的长住客。

这家小院有些偏僻，在古城一条安静的街上一条安静的小巷子里，若不是打电话询问，也许根本找不到这儿，而那个巷子口，我几乎每天都要经过。付了一个月的房租，其实不过只是一间三人间其中一个床位的费用，而其他两张床因为没有客人，三人间成为我的单间。站在房门外的小走廊上，望着院子里的一棵石榴树和远处的蓝天，我对自己说：不用工作的新生活要开始啦。

院子的内部是老旧的木制构造，相邻的房间完全不隔音。楼上三间房，我住的是中间一间，左右房间里的邻居稍微一点动静都听得清清楚楚。靠近阳台的一间住着两个男生，经常看到其中一个头发扎成一根根小辫的男生在晒衣服，但并不打招呼。夜里常听到隔壁快速敲键盘的声响，两人正不亦乐乎地打游戏，丝毫不知道压低声音。相邻的房间隔着一堵木制的墙，要是用力敲一敲那墙，对方一定听得到，但我还是没有跟他们说话。相比之下，靠近楼梯的一间就安静了许多，没什么说话声，我猜应该是一个人住，不过下楼经过时也不会往里看，自然不知道里面住着什么人。

我和我的邻居，依然互不相识，甚至不知道对方的长相。这个院子住满了人，可我却觉得自己始终一个人，在他们看来，也许我这个邻居反而成了一个不爱说话的人。我也奇怪自己为什么突然不愿意和自己的邻居说上几句话，每天不是躲在房间里，就是背着包出去摆摊。

一天晚上，我正在楼下洗衣服，突然进来两个男生，背着大背包，问这里是不是还有房间。我心想，这院子里只有我的房间还空着两张床位，不是吧……房主来了，果然把他俩带到我住的那间看房。下来时询问我：
"他俩住你那间不介意吧。"我嘴上说不会，其实内心非常介意，突然要和
两个陌生的男生共处一室，难免有些奇怪。可是想到他们一定是赶了一天
的路，好不容易才找到这里，同是旅行的人，何必介怀。

两个男生一胖一瘦，听谈话不像是认识的朋友，应该也是路上结识的
驴友。他俩也许是太累了，很快就睡着了。其中胖胖的那个男生还打起呼
噜，那是我听过的最响的呼噜声。那一夜，我几乎没睡。好不容易睡着
了，又被他的呼噜声惊醒。真希望他们快点离开，否则这呼噜打得人都不
用睡觉了。

第二天，瘦瘦的那个男生先离开去双廊，偏偏爱大呼噜的那个还在。
晚上我做好了不睡觉的准备，一直坐在床上看书。

"你什么时候睡觉？"他突然问。

"过一会儿吧。怎么了？"我疑惑地说。

"你最好先睡，否则等我睡着了，你就睡不着了。"他不好意思地说。

我有些惊讶，笑了笑说："你的呼噜还真的挺大声的。"

原来他知道自己的呼噜声会影响到他人的睡眠，原来他也为自己的呼
噜声而感到抱歉。他的诚恳让我突然感到一丝愧疚。

我收起书，关了灯，准备睡觉。可是刚躺下不久，他突然开始说话，
像是在跟我聊天。我们在黑暗中竟然越聊越欢快，不知过了多久，才各自
睡去。

他说："我晚上去酒吧面试了。"

"酒吧？你是歌手？"我有些兴奋，突然对他的印象又变好了。

"不是。我是去表演 B-box 的。不过现在的酒吧大多都不需要表演 B-box 的。"他的语气有些失落，想来也是想通过自己的才艺攒点路费吧。

"你会 B-box？来一段让我听听吧。"没想到我的室友竟还有这般才艺，我半信半疑，心想不会只是那些"动次打次"吧。

说来就来，一阵"捕刺客动刺客打刺客"在暗夜里跳动起来。静静地听完他的表演，不禁赞叹，比我想象的好太多了。不过，街头有人自弹卖唱、打鼓卖唱，就算拉小提琴也好歹能听到音乐声，可就是没见过有人在路边表演 B-box，多少有些单调。酒吧倒是个不错的去处，不过现在的酒吧还没有高端到需要 B-box，自弹自唱之外加个鼓就算非常丰富多彩了。

他说还想去内蒙古学习那里的一种叫作"呼麦"的唱法，和口技差不多，但比普通的口技更加原始而古老，来源于草原上的牧民放牧或是打猎时发出的声音。目前，在中国，只有内蒙古还流传着这样的唱法。为了继续学习这种音乐形式，他决定下一站就去内蒙古。每个人都以不同的方式在旅行，而他的方式，更像是在游学，学习他喜欢的音乐。

"你的父母同意你这样到处旅行吗？"我问。

"他们非常支持，16 岁的时候，我爸爸就让我自己出去走一走。"他得意又自豪地说。

"你父母真开明，很少有父母会像这样支持的。我的父母也只是勉强不反对而已，但已经是非常好的了。"

听了太多因为父母不同意导致无法出发旅行的故事，而他的父母却主动支持，希望他能多去看看外面的世界。如此差距，让人唏嘘。

"那你现在在大理打工旅行吗?"他问。

"刚刚辞了工作,在摆摊卖唱。"我说。

"在哪里卖唱,明天能碰到的话,我可以给你伴奏。"他的声音又兴奋了一些。

"可以啊。在人民路下段。"想到唱歌的时候还有人 B-box 打节奏,效果一定很棒,内心充满了期待。

"大理这一站之后还有下一站吗?"

"有啊。明年去泰国义教。"

"我刚从东南亚回来,泰国那边很多华文学校,你去了随便问一问,很多学校都需要老师。"

"那你也当过义教老师喽?"我好奇地问。

"是啊。还给那里的孩子表演 B-box,挺有意思的……"

我静静地听着,才发现自己已经很久没有听人讲故事了,才想起自己出发时的初衷不就是为了听到越来越多这样的故事吗?而现在的我,却自私地困在自己的世界里,为生存做着打算,这并非我最初所想。由衷的喜悦,总是来自最单纯的心,开心、高兴、快乐、幸福皆不足以替代。人会长大,但我却期望自己越来越孩子。

每个人都有自己的旅行故事,可是不见得每个人都愿意对他人述说,而长时间旅行的人,也渐渐地少了一份对周围人的好奇心。我突然庆幸今晚的谈话,也感谢他的真诚,也许在这之前,他留给我的印象就是那扰人的呼噜声,而我留给他的印象也许更加糟糕。如果连旅行都变得自私,我不知道自己当初为何出发,不知道这个世界还有什么美好。

深夜卧谈会不知道过了多久才结束。第二天，他问我昨晚是否被他的呼噜声吵到。我说："没有，你昨晚没怎么打呼噜，挺好的。"他满意地笑了笑，像是得到了称赞一样。

他住了三天便离开了，走的时候送给我一张越南的纸币。我站在楼上的走廊上，望着院子里的他们，背着大包向门口走去。他回头朝我挥手告别，那种再次出发的潇洒竟让人有些不舍又羡慕。我转身准备回房，又看见那位头上编着辫子的男生，我朝他笑了笑，他也腼腆地抿嘴微笑。同住在一个院子已十多天，竟好像第一次见面一样。一个小小的院子，若是没有用心生活的住客，就算住满了人也觉得冷清。原本相隔不过几米的距离，若视而不见，岂不是和那城市楼房里的人们一样，那这院子也不必住下去了吧。

之后，偶尔听房主丁叔说那两个男生在这里住了一年多了，也和我一样没有工作，但他们不是摆摊，而是靠一台电脑赚钱，每天待在房间，看起来也很忙的样子，收入还不错。建议我问问他们做什么，但我没去问。再次听到隔壁敲键盘的声响时，我突然觉得我所想的也不过和他们一样，用自己的方式过想过的生活。而另外一个房间里某一天突然响起尤克里里的声音，是一个女生在弹。一个男生过来找我说想看看我的尤克里里，还说在街边见过我在唱歌。那些天，他好像准备要离开了，我们互留电话，他说自己是个鼓手，大家都叫他阿鼓。我又是惊喜，自己的邻居居然是个玩音乐的人，不知楼下的住客又是何方神圣。

邻居是平日生活中离我们最近的人，如果对身边的人都不能用心相处的话，又何必奔赴远方。也许是脚步走得远了，心也跟着走远，忘记了最初的方向，便开始迷茫。而我，若是能享受当下，又怎么会为未来忧长虑短，反而浪费了生命。

路不在远近，在脚下；人生不在长短，在当下。

梦想是个倔强的孩子

　　"准备回成都了，可是，舍不得大理。"在从昆明去往重庆的火车上，我收到小 c 从大理发来的短信息。

　　"我想环游世界，想走遍一个又一个陌生的地方。可是……梦想并不是那么容易养活的——"梦想、养活，原本没有交集的两个字眼突然联合起来，刺痛着我的眼睛。坐在车上的我，看着手机上的一字一句，心想：她比喻得多么贴切，我们不就是在供养着一个叫作"梦想"的孩子吗？虽然不容易，但终归还是要努力养活。我是这样，你也是。

　　我和小 c 是在摆摊时认识的，她在上头，我在下头。因为摆摊时生意并不好，我便把尤克里里带来，天黑时开始卖唱。唱到第二天，她被歌声吸引过来，睁着一双水灵灵的眼睛，对我说："我也想学这个。"后来，她把摊位也挪下来，我们一起摆摊一起唱歌。两个独自旅行的女孩就像找到了彼此的伙伴，在那些日子里变得形影不离。

　　小 c 是我认识的摆摊人当中年纪最小的，1993 年出生。长长的棕黑色头发，平刘海，像一个稚气未脱的孩子。常常穿着一件简单的棉麻长裙，配上一双淡色的平底单鞋，干净而清新。单是坐在人群中，便已是一道迷人的风景了。这是她第一次独自旅行，从成都出发，到过西昌、泸沽湖、丽江、北京，最后来到大理，问她为什么会从丽江去北京，她说跟心走的。问她为什么突然返回西南来大理，她说是坐火车时路过大理，被天上的云吸引了，便记住了这里。她还说，希望像这样一直走下去，去不同的城市，欣赏不同的风景，带着梦想去流浪。

她没有瞎编乱造，没有夸夸其谈，未来在她的眼里，就应该是这个样子。她被自己编织的美梦所吸引，似乎伸手就能拥抱住。虽然一切才刚刚开始，却给了她这样美好的期待。可是大理的雨却不管我们多么需要一个晴天，依旧瓢泼。淡季来了，游客走了，喧闹的街头也安静了，没有人来我们的摊前驻足，摆了一天，卖不出一件。住宿照常，吃喝照常，留在大理的心，照常。

这个周末，我们相约停摊半天，去大理下关的二手市场看看。两人各自收拾了几件不想要的衣物，打算拿到二手市场去卖点钱。公交车到了下关，找到二手市场，一眼望去，真像个垃圾回收站。衣服裤子倒了一地，堆着像座小山，老板坐在摊前，就像个比我们还要狼狈的落寞穷人。看那鞋子，倒是一双双摆放得挺整齐，可惜又脏又破，真是滑稽的一幕。我俩失望地互望一眼，大概猜出没什么戏，可是既然带来了，还是要硬着头皮一试，能卖一件是一件。

经过路口处，一个摊子前站了好多人，挑挑拣拣。一堆衣服上竖着个牌子：每件五元。看到这样的贱价，我们的心又凉了一半，因为我们带来的衣物，至少都是八九成新，再如何甩卖也不至于低至五元。我们像两个来错地方还分不清楚状况的外来人，未战先败。手挎着那被衣服裙子挤得鼓鼓的包包，不敢打开，两只手指牵着拉链，拉开一个小口，又不好意思继续，更不敢把货品拿出来。一件十元，大概都会被路人嗤之以鼻吧。人群中，有几个大叔大妈用奇怪的眼神看着我们，因为我们站在一个卖男士T恤的大叔后面犹豫张望，而我们的身后，是一辆空空的三轮车。

小 c 说："我们把衣服拿出来，提在手上。"说着就把包包整个倒立起来，往外倒。接着一下子跳上停在旁边的三轮车，手臂上挽着一件，双手还提着两件，吆喝起来："哎，走过路过，不要错过，全新，十元一件。"没想到看起来文静柔弱的她居然如此胆大，瞬间让我刮目相看。我也跟着倒衣服，跳上车，和她一起不顾形象边吆喝边甩起手上的货。路过的大叔大妈们疑惑的眼神里居然浮出一丝笑意来，大概是在想：这两个小姑娘瞎玩个什么劲，还挺有意思。意料之中的事，没有人来看我们的货，买卖失败。我们怎么倒出来的，怎么塞回去，怎么背来的，怎么背回去。什么也没卖出去，还花掉了三块钱的公交费。好在，起码得到了一个再也不会来第二次的教训。回去吧，雨会停的，继续摆摊吧。

有一天，摊位上突然多了个陌生的摊主，男生，话很多，但又好像什么都说不清楚。他也卖佛珠，还摆着几张明信片，一面签着许多字迹的红色旗子垫在下面。他一点也不谦虚，第一次见面就自称自己在旅行圈非常有名，很多人都知道他。我当他在吹牛，他倒认真起来：不信的话可以去百度我的名字。也许如他所说，真的能百度出什么来，我点点头，却连他名字都记不清。他从摊子上随手挑了一张自己拍的明信片要送我，还在背面洋洋洒洒地签上自己的大名，字迹有些潦草。而收下明信片的我真像是一个中奖的幸运观众，他看着自己的签名，满意地笑了。

那几天，我刚好买了点毛线打算从卖首饰转行手工包，顺便叫他给我圈毛线。憨憨痴痴的他觉得好玩，竟然也不介意地伸出手臂，撑开一团毛线。接着又开始"吹牛"了。

他说："我在拉萨摆摊时一天能赚一千多——但是不开心——就走了。"

说得轻松，听得我吃惊羡慕不已。对于我和小 c 这样一天最多赚个几十块钱的人来说，他说的简直就是天价。我想自己一定是穷疯了，低估着要是一天有一千多可以赚，有多么不开心的事也都要开心地笑起来吧。

这哥们儿才在大理摆了两天摊便不见了踪影，我猜也许是和拉萨反差太大，他不免有些绝望，想想还不如回拉萨忍忍那些不开心，也就过了。小 c 依然认真地摆放好摊前每一个物品，而那哥们儿帮我圈起来的毛线球，够我织好几天了。生活还在继续，赚钱的方式不是只有一种，虽然没有一种方式是容易的。

而难过的是，我们没有一个坚持下去。

准备离开大理的前几天，连续下了好几天的雨。有时看着天气稍好一些，就把东西拿到街头摆开来，可是刚刚摆放好，雨滴又开始落下来。出了太阳又下雨，时而放晴时而阴，像我们的计划，举棋不定。我说："既然天公不作美，我们还是收起来吧。"她大不甘心，找来一个塑料的透明袋子，一拉一扯，把我们两人的小摊都盖住了。对面是一家一对小夫妻开的小饭店，只在午饭和晚饭期间开店，一个在里头兼职的朋友这才刚刚开门，准备卸下窗子做生意。我们跑进小店避雨，顺便盯着对面的摊子，也许会有人来看。朋友热心地递上来两杯茶，我们边喝茶唱歌，边等着雨停。

下定了决心要转站东北后，迷茫也不见了。摊子收起来了，歌也不唱了。晚上在古城里闲逛时，突然遇到小c，她正在街边发传单。

"你怎么在这儿啊？这是什么？"我有些好奇又惊喜，她这么快就找到新的赚钱办法了。

"我朋友帮我找了个兼职，只要站在这里发发传单，有人想去酒吧的，就带他进去。"她指着对面的一条巷子。"沿着这个绿光进去就能看到了，叫'天堂的左边'。"

她开心地说："如果能带一桌客人进去，还有四十块的抽成，工资日结，明天就可以拿到今天的工资了。"

这时有个男孩过来要传单，看了一眼，"嘿嘿"笑了两声说："这小枫还挺有意思，弄了这么个办法。"又看了一眼小c，想来是觉得有这么漂亮的妹子给他发传单，成功率应该不少，还真是便宜了那个小枫。

"那你还是会继续待在大理吧？"我问她。

"应该会吧。暂时还不想走呢。"她露出无辜的表情，笑笑说。

人群中，我们暂别了彼此。我回头看她，一个瘦小的姑娘，正努力着让自己今天的收入可以再多一些。她笑得天真，在人来人往的人民路上，像一道恬静而迷人的光，使得那巷子里透射出来的绿光显得呆板又庸俗。

要离开大理的前一天，之前待过的旅舍里几个义工约着我去 KTV 唱歌。我知道她喜欢唱歌，就叫她也来玩，可是等到我们都唱了一半她才打电话来，说手机没电，这才借了路人的电话打来问路。我去路口接她，看她提着个衣架，看起来有些古怪，和她的气质格格不入。

"我今晚就是把这些链子挂在衣架上，就这样提着在街上边走边卖，结果效果还不错呢，比摆摊时候好多了。"她笑得很开心，像个考试考了满分，充满了成就感的小孩子。我看着那个奇怪的衣架，吃惊她怎么会想到这么奇怪的方法。若是我，一定不好意思提着衣架在街上卖东西，想想就觉得奇怪，而她，却显得那么自然。我喜欢那样的她，如此努力。

在大理的最后一夜，幸好，我们还能一起唱歌，虽然不在街头，没有尤克里里，但已是最美好的分别了。

此刻，重庆火车北站，一辆开往西安的火车正在开来，候车厅的人还不算多，甚至有些安静。旁边有一个队伍正在检票，我瞥了一眼，竟是重庆北去往福州的。福州，在这偌大的车站里，唯有它是我所认识的，却相视无言。此时，思念里的家乡似乎近在眼前。

我想若是这时坐上这列火车回去会怎么样，那种漂泊不定的迷茫是不是就会停止，而手里握着的火车票，却将带着我远走高飞。不必再多想了吧，越是想念，越是想走得越远。梦想这个孩子，再难养活，也不能放弃。我相信，回到成都的小 c，亦不会轻易放弃。

梦想也是个孩子，让我们，善待它。

第五章
西南的阳光，东北的雪

听说北国的风光会有漫天的大雪，

那是我不曾见过的。

从西南到东北，还是一个人，

把心中的小愿望实现成最美的梦。

有些话 只适合说给陌生人听

我觉得自己有一种本领，要是想跟一个陌生人聊天，轻而易举。倒不是有什么技巧，或是提前准备了一套什么模式，而是想说就说，并不考虑太多，因为说话原本就是一件信手拈来的事。渐渐地发现，有些不曾说起的事机缘巧合说给了一个陌生人听，有些无人诉说的心情也无端与陌生人分担。相反地，自己有时也成了他人机缘之下倾诉的陌生人。

那是在昆明去往重庆的火车上，对面坐着一个和我差不多年纪的男孩，也许还稍长几岁。如今已经忘了他的长相，也不记得是谁先开口说话，只记得我莫名其妙和他说起自己的心事，也因为他的一句话，我才得以释怀，下定决心去东北。

吵闹的火车车厢里，有人大声说着话，还有小孩哭个不停，爸爸打来电话，我撒谎说晚上古城人多，所以吵。这是旅行中第一次对家里谎报自己的行程，实在没有勇气告诉他，我又"乱跑"了。可是，此刻的我又多么希望事实正如我的谎言所说，正在热闹的古城里逛街呢。我不知道自己是不是太冲动了，否则怎么会刚离开大理就拼命地想着返回。火车向前开，我的心却奋力地往后追，是继续前往东北，还是下车返回大理，我拿起手机想找个人问问，可是问谁呢？谁又能一下子明白我的心情，给我答案。我能感觉到自己，哭丧着一张脸。

"你没事吧？"对面的男生说，那是我们之间的第一句话。

"有事。"对对面这个陌生人的关心，我并没有觉得惊讶。

"怎么了？"他被我的反应吓到了。

"突然不想去东北了，想回到大理。非常想回去，可是已经上车了。"我对他说，更像是自言自语。

他想了想，认真地说："那你想想自己最开始为什么想去东北呢。"

"我想去看雪。"我认真地回答。

"那现在不想看了吗？"

"想是想，但还是舍不得离开大理，虽然不知道回到大理要做什么。"

终于把自己的矛盾吐露出来了，顿时心里舒畅了许多。刚刚在脑袋里理不清的头绪，此时一一摆出来，果然清晰了许多。

……

"既然你已经决定去东北了，就把这些当作是一种体验吧。"他说。

我恍然大悟，自己这一路不就是为了体验吗？不管是大理也好，东北也好，我都去体验一番，既然是体验，来来去去，走走停停，是自然的事，又何必过于留恋。如果因为执念过去而放弃更长更远的路，我想我一定会后悔的。

没想到他的一句话，居然点醒了我。多想无用，不如潇洒地走下去，也许又会获得新的想法、新的收获。心里的纠结一下子释怀，才想起晚饭还没有吃，肚子正饿得慌。

"好饿啊，服务员怎么还没有送吃的过来。"我说。

"刚刚来过了你不买，可能要过一会儿吧。"他说。

我又看着窗外，继续发呆。

"吃的来了。"过了一会儿他提醒我说。

我转过头，看到列车服务员正推着小推车走来，我朝着那小车里看了看。

"怎么没有泡面了?"我问。

"卖完了。"服务员回答说。

"可以吃点别的先填饱肚子啊。"他说。

"现在只想吃泡面啊。"我无奈地说。

我等着那列车服务员再次经过时，小车里已补上了泡面，可是她却迟迟不来。这时车到了某个站，停站5分钟，对面的男生离开了座位，回来时看我还在座位上。

"站台上有卖泡面的，怎么不下去买?"他问。

"太懒了，不想动了。"我为自己的懒惰而不好意思。

他又离开了座位，再回来时伸手递给我一盒泡面。我惊讶地看着他，更加不好意思了。

"没事，吃吧。"他说。

我只好默默地接过来，然后从包里掏出五块钱要还给他。

"不用不用，算我请你了。"他说。

我又默默地把钱收起来，安心地接受这一份善意与美好。

多么感谢他倾听我这个陌生人莫名的悲伤，而且不去过问太多，只是就事论事，解我此时此刻的烦忧。多么感谢他给一个孤独的旅人一份温暖的关怀，鼓励她勇往直前。多么感谢我们能够成为彼此熟悉一刻的陌生人，不问彼此的过去，不问未知的将来，彼此不必知晓姓名，不必知晓来自何处，依然能以诚相待。

他要下车了，我们没有留下任何联系方式，这已经是最美好的回忆了。有时也会遇到一些还没聊几句就要电话或者 QQ 的人，结果是留了电话加了 QQ 却再没有联系过，相遇的那点缘分也被这些机械的联系工具冷却殆尽，望着那陌生的名字、陌生的头像，反而一点也想不起来是何年何月的事。熟悉的陌生人好过陌生的熟人。

对面的空座位很快又有新的旅客坐上来，她比刚上车时的我兴奋多了，我们互相笑笑，没有说话。此时，若对面坐着的是一个失意的人，想必我也会像那位男生一样问一句"没事吧"，当然我并不是希望别人都像我一样失意，只是也想听一听别人的故事，听一听一个陌生人此刻无人去诉说的心事。就算解不开，有人倾听也是一件无比幸福的事。

有些知心话是要说给陌生人听的，因为他不知道你的过去、现在以及未来，此刻说与他听的任何话都是孤立的存在，不会产生任何利害关系。陌生人是最公平的临时参与者，是某一刻值得信任的倾听者。可是，并不是每个人都相信一个陌生人陌生的善意，也不是每一个陌生人都愿意理你的莫名其妙。毕竟，我们不是在找一个倾听的人，而是在偶遇一颗真诚的心。

有些话，说给陌生人听，也不失为一种奇妙的体验。看来这也算不得什么本领，是人人都能信手拈来的事。我不应该自夸，而应该感恩吧。

诗了你的青春

初次来到西安，正赶上这里的云层遮天，闷热无比。灰云压城，使得热烈的阳光无法穿透，无奈化成了桑拿房里的蒸汽，把人蒸得不干不湿，不太舒适。雷子说，这是西安正常的天气。

雷子，本名雷雨，是我两年前在网上认识的朋友，同样是五月天的粉丝，同样是广播电视专业，同样喜爱四处旅行。她，人如其名，豪爽干脆，不扭捏造作，说起话来，也仿佛是要雷得雷、要雨得雨。语言犀利，活宝一个。她长相标致，说着一口流利的标准普通话，是学校各大型晚会的常驻主持人。第一次见面，她便毫不给面地调侃起我的普通话是一口浓郁台湾腔，让我这好歹也是考过普通话二甲的新闻学子无地自容。

雷子是河南人，在陕西师范大学读过四年本科，又接着读研。最豪迈的青春里，她将要把七年的光阴献给这所学校和这座城市。曾在漳州读过四年大学的我，却没有好好地学过一句闽南语，而雷子却能把西安话说得有鼻有眼，让我一直以为她就是西安人。对于西安的一花一树一草一木，让她介绍起来，更是不在话下。

146

对相识两年却初次见面的我，她已经迫不及待要尽一番地主之谊，趁着课时不多，她约上一个舍友一起带我去了有名的美食汇聚之地——回民街。

"我们去吃红红酸菜炒米吧，据说阿信来到西安，每回必吃。"她说得一脸眉飞色舞。

"走，去吃牛肉丸子，有一家最好吃。"边说边思考着这家店在哪个位置呢。

……

"吃不吃镜糕？来一块吧。"路过好多处卖镜糕的摊子，她终于忍不住问一句。

"太饱啦，吃不下啦。"我摸摸吃撑了的肚子说。

"这样就饱啦？来西安一定要吃的。"转身对老板说，"老板，来一块。"

这就是我见到的北方女孩，热情活泼，天真简单，正像夏天里的一场雷雨，让人不禁畅快淋漓。这样的她，当有人来赋上一首诗才对。

走出回民街，顺道经过钟楼和鼓楼时，已是黑夜来袭。灯光亮起，钟楼和鼓楼两处交相呼应，在夜色里显得金碧辉煌。这也是雷子口中所说的必看场景之一。

不远处传来吉他的弹唱声，突然让人驻足聆听。没想到离开大理之后还能在街头听一场音乐会，我怂恿着雷子和她的舍友一起去看看。

"哪里来的歌声，好像有人在卖唱。"我说。"去看看。"在大理住惯了，对街头歌手总有莫名的好感。

她俩轻车熟路，十分乐意地陪我在花圃边坐下。地铁出口旁边站着两个男生，一高一矮，高低分明。高个子男生穿着紫色上衣，牛仔长裤，一只手鼓背在正前方，敲打得并不流畅，也许是因为站立着用大腿夹紧手鼓让他觉得别扭，整个身体显得有些不自然。身材略显矮小的男孩是主唱兼吉他手。头发略长及肩，锅盖刘海，穿着白色 T 恤，居然还搭配了一条黑色围脖，有些文艺。一把吉他背在他的身上，像一个被他熊抱住的比他还要高大的男子，但他依然驾驭得很好。

"唱得还不错呀。"我说。

"是啊。他是我在西安听到的唱得最好的街头歌手。我大一的时候他就在唱了，那时候还是在地下通道里。"雷子说。

"哇——"我转过头吃惊地看着她，内心不自觉颤动了下。并不是因为他在街头唱了四年之后还在继续坚持，而是因为他竟然从雷子的大一唱到了她本科毕业、考研、读研，他从一个姑娘刚入大学时的懵懂一直唱到她整个青春的转变。这种连接，让我颤动。坐在雷子身旁的我，内心像有什么突然缓缓流过，又好似一首永不回头的青春之诗。

马路上络绎不绝的路人极不礼貌又习惯地从表演者和观众中间来回穿梭，晃眼而过的那些匆匆忙忙的身影和眼神延伸处那静止不动的歌者在眼前相互交错，时有遮挡，时有一种愈想掩盖愈还清晰之感。他们有些边走边看街头的表演者，有些目不转睛地在走自己的路，还有些路人经过时会往琴盒里放下钱，但并不像我们一样坐下来听。这片喧嚣世界里永恒的宁静，会引起多少人蠢蠢欲动的珍惜呢。

准备回去了，我问雷子："我们要给多少钱呢?"在大理的街边听歌时，从来没有给过钱，总觉得那可以是一份免费的午餐，尽情享受。但同样的场景换了一个背景，一股隐隐的辛酸却油然而生，浮上心头，使人不忍就这样潇洒离去。偌大的城市里，人人都不过是那渺小的沧海一粟，人人都是孤独的探寻者，他们是，观众是，雷子和我，亦是。只是有缘在这里遇见，即便是过眼的云烟，也在心里留下了一丝痕迹。天涯海角，也许他们只会驻足在这里，可是我却不一定会再来，即使再来，他们还会继续唱过雷子研二、研三吗？待到她毕业那时，他们又会在哪里。

"我以前都是听一首给一块，自己算着，走的时候一并把钱放在他们的琴盒里，每次大概五块左右。"雷子说着，像在告诉我，她自己的一个习惯，抑或是她在这座古城五年里养成的习惯。

我们跳下花圃，经过琴盒，一人丢下五块钱，便潇洒走开了。只因为他们赋了一首诗，我们便迎着那诗继续附上一首。

雷子直走不回头，似乎要告别那远处消失的歌声，告别那熟悉的人，反正后会有期。也许过不久，她又会来回民街，看过钟楼和鼓楼之后，准备搭车回家，那阵熟悉的歌声又会传来。不是她在来来去去，而是这歌这诗，贯穿了她的青春而不自知。

就像西安这座历史悠久的中国乃至世界文明古都，曾有 13 个朝代在这里建都的"朝中元老"，不也正是一首路过无数人青春的巨篇长诗吗？著名的秦始皇兵马俑、大小雁塔、钟楼鼓楼、回民街……长安城里无时无刻不是弥漫着一股浓厚的历史味道。甚至对那些美食的无尽追寻，biáng-biáng 面、肉夹馍、羊肉泡馍、镜糕……也像是在探寻历史的足迹。人们借着对美景和美食那欢呼雀跃的享用，再一次掀起历史的滚滚红尘。

西安是那端坐在高高城墙上的古老神明，看着城脚下的人们穿梭其中，看着文明时代的更迭嬗替。而那穿梭其中的来往过客不也是这座城市古往今来的见证者吗？庄周梦蝶，蝶梦庄周，我有些分不清是雷子经过了那些歌，还是那些歌经过了雷子的青春。只是隐隐为这其中的诗意而流连、执念不忘。

请那些歌再次静静地唱吧，请那些人再次静静地驻足吧。有些歌是一首唱不完的诗，岁月别走太快，容我们转身去和它相拥，拥入记忆里。好让它诗了你的青春呀。

哈尔滨的浪漫

2013 年 9 月 13 日晚，33 个小时的火车之后，终于，第一次踏上了东北的土地。没有寒冷，没有疲倦，背起包提起行李，脚步登踏得那么忘我。那个时候，我没有想到，哈尔滨的冬天会来得这样快，更没想到，自己竟然来到了这样一座浪漫的城堡。

坐在前往旅舍的的士上，静静地看着窗外一幢又一幢晃过眼前的欧式建筑，伴着阵阵冷风吹来，内心却忍不住激动起来。我居然把自己带到这样一个风情万种的城市，真浪漫！这时，车里的广播正在读王菲的微博，七年真的有痒吗，那么多人在转发，是惋惜还是嘲笑，似乎每个人都喜欢抓着一个结果，不管任何曲折艰辛的过程，而身为局外人，在追加指点的时候，我们的立场在哪里，我们什么都不懂，就别装得好像全程参与好吗？

好残忍，来到哈尔滨听到的第一个消息是一场缘分已尽的爱情，而且还听了两次，因为在火车靠站的前十分钟，莫小贱的一个电话已经第一时间告诉我这个"惊天动地"的大消息了，好样的，她知道我一定会震惊，所以在百无聊赖的火车上，想给我来个"惊喜"吧。果然是又惊又喜，惊的是这个意外的消息，喜的是在火车到达东北之际，接到这个来自西南的电话。我们隔着中国版图上长长的对角线，却放肆大笑八卦着别人，好像议论着刚刚在菜市场买鱼时从小王那里听来的关于老李家的琐事，一路叽叽喳喳到大院，然后各自回屋，真好！别人的事，聊聊就好。

蔚蓝的天，温暖的阳光，冷冷的风，是哈尔滨秋日里的冬日。抬头间，虽然没有大理那样大朵大朵的白云，却也有不亚于它的蓝，虽然阳光没有热情到似火，却也温暖得像一个大大的拥抱，虽然风吹过来就忍不住要立起没有衣领的领，但好在秋风温柔，不像大理的妖风，刮得尘土飞扬。它像一座住满恋人的城堡，所有的开始，大约，会在冬季。

住过小资情调的鼓浪屿，到过艳遇圣地丽江，走过信仰天堂西藏，可我，却从没像走在哈尔滨中央大街上、仰望索菲亚教堂那样心生浪漫，就像飞翔在教堂周围的和平鸽一样，平和而安宁。有些爱情像钻石，是闪闪发光的美丽，而有的爱情，像一座古老的钟，彼此相守着这一声又一声的嘀嗒嘀嗒，日子就过到了天长地久。不是玫瑰，不是巧克力，正如范范唱的那样，幸福没有捷径，只有经营。

中央大街，中国的第一条步行街，整条街全长 1450 米，是由一块块光滑的方块花岗石铺就而成，据说在当时，每块花岗石的造价是一个银元，因此都说这条街尽是黄金。走在这条奢华的大街上，浪漫得像踏上了婚礼的红地毯，两排自由的欧式风格建筑就是布景，而街头现场音乐会就是婚礼进行曲，所有的路人都是见证者，而我，居然不自觉地幻想起了那个很久很久以前王子和公主的故事。此时，索菲亚教堂外，温柔的阳光、舒缓的音乐，让人忍不住就这样赖着不走，广场上突如其来的音乐喷泉就在这时候，整齐地从四周喷涌而上，两个纯真贪玩的小孩，欢乐得飞奔而去，欢呼雀跃。而傍晚时候的松花江畔，你会看到爸爸妈妈带着小朋友在大大的广场上放风筝，夕阳下，有人垂钓，有人并肩坐着，那种温馨，在我看来，很是浪漫。

不愧是"东方小巴黎"，一座城市带来的惊喜，让人自我甜蜜又是陶醉。如果说，大理之于我，是我爱却不爱我，那么哈尔滨想必该是倾心于我的了吧，享受在这样的喜欢之下，只愿天长地久。我想，艳遇这种事，哪怕只是和一座城市，也是美好的。而事实上，当然，不止如此。

雯子问我：去过这么多地方，就没有艳遇吗？我很老实地回答：有的，虽然不多，但真有。可惜喜欢无意，无意喜欢，我不是愿意试试而将就的人，同样希望对方也不是。这一路，没有艰辛的长路，却实实在在地体会到喜欢一个人的要有多勇敢就有多卑微，好像曾经那些引以为豪追寻梦想的勇气在爱情的奋不顾身里都要黯然失色，而梦想，再难都能坚持，爱情呢，看到对方找到幸福的时候就要选择走开，放手自由。什么鬼东西，怪不得有人吐槽：没有勇气追求梦想的人，却能为了一个人到天涯海角。

可是，我愿意拥抱那些在爱情里智商为零的姑娘，愿意听她们一遍又一遍地倾诉都要掉牙的悲情狗血剧，愿意陪着她们做想做的事，却无法劝说一句：别傻了。因为自己不也犯傻吗？因为坚信爱情里没有对错，因为每一个人都有追求幸福的权利，还因为，仅仅相信着，尽管并不乐观。要不看我身边那些美好的姑娘们，十个中都能有八个单着，物以类聚，贵族都能群分哪！

想见的人总得等到同样被待见，那样的相见才有意义，是固执吗，还是我们与生俱来的骄傲？也许我们会因此长大，也许到了那时候，喜欢一个人的幸福感会变成曾经不谙世事的天真。慢慢也明白，爱情之于两个人的意义，不是你侬我不侬，也不是你侬我也侬，而是理解、扶持，完整人生的另一半。

想起还在大理时重温过的一部电影《北京爱上西雅图》，影片带给我一种看待爱情强烈的释怀感，看完后忍不住"哇哦哇哦"，一阵畅快。现实中的小三是遭人唾弃而不耻的，而电影中汤唯扮演的文佳佳不也是一个破坏别人家庭的第三者吗？可是我却喜欢她，喜欢她的爽快、直率、真诚，奢侈却不矫揉造作。我发现，原来第三者也可以如此勇敢地追求自己的爱情，听到那句"我很爱老钟"的时候，我想，要是我是那个富豪的结发夫妻，也要动容得不知该说什么了吧。而在去西雅图待产的过程中，她与吴秀波扮演的 Frank 相识，并在朝夕相处中日久生情，当她感受到了来自普通生活中最简单纯粹的幸福，再回到老钟给的大房子里，那种落寞和空虚简直要让人坠入深渊。我又发现，有人能给你他有的，而有的人能给你你渴望的，虽然不知道文佳佳是不是大叔控，但若是遇到 Frank 这样的大叔，又有何不可呢？一个是单亲妈妈，一个是单亲爸爸，一个带着两三岁的儿子，一个带着十来岁的女儿，他们居然那么自然地组成了一个家庭，而且看起来那么美满幸福，最后发现，这是一部多么自由又宽容的电影，对爱情的宽容，对生活的宽容。

爱情不是只有一个样子，生活也不是只有一种方式。自由的人生应当充满着无限的可能，而自由的爱情应该让我们去找自己，去做一个真实的自己，而不是沉溺在别人喜欢的样子里。所以我觉得，这部片子很温暖。

2013 年的冬天，终于要在北方度过了，哈尔滨，有它的温馨和浪漫，有我喜欢的生活气息。漂泊的人，其实不都只是爱漂而漂，还有的，是为了泊，寻找身体和心灵的安定。哪里听来的，若是心灵没有栖息的地方，到哪里都是流浪。

我在哈尔滨，等冬天，而你们呢，在这个冬天，又会等着谁？

他们说 你喜欢就好

存了两个月的积蓄，竟是为了买这几张火车票，从大理来到了哈尔滨。不忍心告诉爸妈离开大理的事，因为他们请求我的不过是寻找一份安定，哪怕是在大理也好，并不再勉强。

家里很久没来电话了，我也不敢打回去，究竟要怎么跟他们解释东北这一行，一直没想好。实话实说为了看雪而来吗？多么可笑的理由，他们一定会以为我是疯了，"啪"的一声挂掉电话，不愿和我多说。

前往重庆的火车上，爸爸的电话突然来袭，手机震动了许久，终于无奈接起电话。此时，对面的小孩正哭得厉害。

"什么声音，怎么这么吵？"爸爸问。

"正在古城逛街，人很多。"我说。

那是我旅行一年多来，第一次对他们撒了谎。因为深知在他们的心里，我已过了任性的年纪，我应该做他们认为这个年纪该做的事，可我却不以为然。

到达西安时，妈妈又打来电话。

"在做什么呢?"她问。

"还在大理。"我有些心虚地回答着，终于不过一秒钟，便道出实情。"妈——刚刚是骗你的，我——已经到西安了。"

没想到她非但没有生气，反而一副无所谓的样子。话锋一转，竟说:"记得谈恋爱不要谈太远，听到没有?"

我如释重负，乖乖地回答:"知道啦，我不会嫁太远的，就嫁我们村子里。"

她在电话那头，笑了。

看她没有要教训我的意思，我便扬扬得意起来，告诉她自己早就辞掉了在大理的工作，还在街头摆了十多天的摊。在西安继续摆摊，还被城管赶了。这下把她惹急了，觉得这女儿真是丢人丢大了。

"别去摆摊了，像什么话，被人家看成是乞丐。"她委婉地说，不忍心说这是丢人的事情。

"怎么会，很多人都是这样，一边摆摊赚路费一边旅行。"我理直气壮地说。试图想把这些旅途中的见闻一一告诉给她听。

她终于妥协，却又不依不饶。

"那别去唱歌了，还是很像乞丐。"她又说。似乎对一个坐在路边被路人看见的我耿耿于怀。

"怎么会，那些唱歌的明星说不定以前就是在路边唱歌的。"我说。因为她这样的误解觉得很无辜。

"这不一样。"妈妈觉得我在胡扯乱说。

"有什么不一样，说不定哪天我就唱成歌星了呢。"我继续胡扯乱说。

她被我逗乐了，又说不过我，只好作罢。

"嘿，去那么远，钱够不够啊，要不要寄两千给你。"这已经不是她第一次说要寄钱给我了。

"不要。旅游是我自己的事，我不会要你们的钱的。"我坚定地回答她。也许妈妈并不理解我这份倔强，想着既然你都已经出去了，我们也拦不住，但是一个人在外，生活总还是要过好。

看到他们再一次对我表现出的宽容，便已经是最大的满足了。其他的困难，都不是困难。我想若是没有他们的同意，我将寸步难行。正是这份心安，才让我走了这些路，完成了这些梦。对于我的父母来说，已实属难得，再要求什么，便是过分了。只希望，我这样在他们看来与众不同的生活方式，在他们心里，能有一点特别的意义。

那是在拉萨的时候，像往常一样，到达一个地方必定要电话告诉他们。那时有些狼狈，住在舜子的家庭旅馆里，钱也花得差不多了，还不够回家。但是却自得其乐，享受其中。

我跟爸爸说："和我一起来的一个朋友去别的地方玩了，我没有钱，布达拉宫都没有去。"其实是想说，就算不去那些地方，我一样可以旅行。

谁知爸爸比我还着急，说："爸爸给你寄钱。都去了那么远，还不去玩一下，岂不是白去了吗？"说这话时，我又变成了他眼里的"傻孩子"。

这也是第一次，他关心我是不是去了什么景点、是不是玩得尽兴。他居然知道布达拉宫，让我有些惊喜。不过，我实在不是为了那些价格昂贵的景点而来，更不可能接受家里的资助。

我们家祖祖辈辈都在农村扎根生活，要让上一辈人用他们那固守的传统思想来包容我，实在不是一件容易的事。庆幸的是，从小到大，父母从来没有严厉地教育我要如何如何，在学业上也从未给我作过任何决定。包括旅行，他们尽管不理解，却还是尊重我的想法。然而，到了第二年，当他们得知我还是决定继续行走，尤其是莫名其妙去东北，怎么都想不明白。爸爸是个老实人，不管什么事，总得求个合理的理由才甘心。

爸爸在电话里质问我："你去那里做什么呢？"

"看雪啊。"我心虚地回答着。因为知道爸爸一定不会接受如此荒唐的理由。

"看雪？雪你没见过啊，傻不傻啊你。"爸爸在电话另一头劈头盖脸地近乎吼起来。分明知道我没见过雪，却似乎找不到其他说辞。

也是，要让一个父亲接受自己女儿去那么远的一个地方，不过是为了看雪，是有些滑稽得可笑。

但我不愿意敷衍欺骗他们说在这里有更好的工作，或者工资更高。一如当初离开时，爸爸问我原因，我实话实说："不去会难过。"他看看我，没有再说什么。

而我又何尝不知道，就算他们不来问我，在那小小的村子里，亦有其他好事者会来问东问西，弄得他们尴尬得不知如何回答。我倒是人在江湖漂，闲话听不到，却辛苦了家里的父母亲，为了我遮这掩那。尽管我也和妈妈说过，那些自家的经还念不好的人，他们哪里会真正关心我的事，不去理会就是。

　　一次，同爸爸一起回家。乘船时，同村的一个船员问我爸："是不是女儿放假了，来接她回家？"

　　我爸爸"啧啧"一笑，说："她还要我接？一个人都不知道跑了多少地方。"好似有些得意，觉得那人开了个天大的玩笑。我也跟着笑起来。

　　在家的日子，和上学时的寒暑假一样。爸爸丝毫没有提及我旅行的事，也不趁着这个机会好好地"教育"我一番，我还以为他极有可能会把我锁起来。

　　有一天，我终于忍不住好奇地问他："爸，你怎么也不教育我，也不劝我别出去了。"

　　他倒好，淡定地说了一句："有什么用，说了你又不会听。"说得那么理所当然。

　　突然回想起最初决定去旅行时，我说："爸爸，你有什么想法，说吧，我会听的。"结果，他扔下这样一句："你自己看吧，喜欢就好。"

　　我知道，他不是没有想法。只是有太多的话，却不知道要如何说，才能说得清，又不至于伤害到我。他不是个擅长讲道理的爸爸，却是影响我一生的人。我感谢他们让我自己去看，自己去选择该走的路，去过自己喜欢的生活。允许我无论快乐伤悲，都是来自本心，不曾后悔。

想对爸妈说的，还是那句话：我很好，真的，一点也不必担心。唯愿你们也能好好的。这样如此，五十分加五十分，便是我人生的一百分幸福了。

玉米浓汤与胡椒粒

坦白说，在不追星的人看来，我是一个疯狂的粉丝。在不旅行的人看来，我一定很有钱。在天天辛苦工作的人看来，我是不用工作又可以玩的幸福孩子。在规矩的孩子看来，我定是要有很大的胆子才敢这样叛逆的吧。其实不然，实现梦想并没有你想的那么难。

可是，人群中那么多只能摇头兴叹的梦想，为什么总是被扼杀在残酷的现实里。那些任谁都夺不走的梦想，为什么最后给人带来的却是沮丧、迷茫。那么多人争着要告诉世界"我有一个梦想"，最后为何也不见得因此变得快乐。也许，是你把梦想得太大，抓得太紧了，其实，它不过是一颗胡椒粒，托在手里就好。

还记得那个我曾经提到过的小c吗？

那个美丽的，曾和我一起在大理摆摊，一起唱歌的姑娘。

在我很不舍地离开大理去往哈尔滨的时候，她每天都会跟我发信息，说自己其实很想待在大理，可是工作工资不高，摆摊又赚不到钱，实在无法养活自己旅行的梦想，非常纠结，反而羡慕我的果断。最后，她终于还是离开了大理，回到成都，回到之前工作的地方，可惜回到原来生活的她非但没有因为工资高一些而开心，反而更加迷茫，这样的生活远不如大理的时光来得快乐。

她租住在成都一栋单身公寓里，虽然是多人同住，但是房租还是很贵。她说自己对同住的几个女生说起自己想要旅行的梦想，她们都说她的想法太浪漫，很学生时代，纷纷表示现在应该追求的是稳定的生活，而她自己也不能理解为什么室友们都没有这样的想法。在人群中显得另类的她，越来越没有安全感，她过得并不开心。虽然她明确地知道自己有自己的追求，但是也许是年龄还小，也许是浪漫的想法深处还深扎着传统的观念，她怕对父母的承诺最后败给自己的追求，她怕适婚年龄到了就要结婚，到时候就没有自由了。我说，既然你觉得结婚了就会失去你想要的自由，那你为什么要去结婚，既然这件事在你看来是不愿意的，你可以选择不去做。也许有一天，你也会和你的室友一样，想要追求稳定的生活。也许有一天，你的室友也会和你一样，突然萌发想要浪迹天涯的梦想，谁知道呢？也许有一天，你会突然觉得结婚是一件多么美好的事情，等到那个时候再想结婚的事情，不是很好吗？也许她该学学室友那份追求安稳生活的坚定，也许她该把自己的梦想缩小，变成一颗容易满足的胡椒粒。

就像阿信在《开讲》节目中说的一段自己对梦想的看法：生活是一碗玉米浓汤，而梦想就是胡椒粒、是鸡蛋、是火腿，是所有你喜欢的调味剂。而如果你喜欢原汁原味，那依然是一碗美味的玉米浓汤。这一句话让我对暂时无法实现的梦想如释重负，对生活又充满了希望。当我把梦想看作整碗的玉米浓汤时，我觉得并不好喝，因为没有走在理想的路上，因为没有值得骄傲的"成功",除了喜欢到处乱跑,喜欢感受不同的城市的差别,生活依然简单得一如晴天晒太阳。而当我把梦想看作胡椒粒、看作鸡蛋、火腿的时候,才发觉自己的玉米浓汤有多么的丰盛。因为梦想的分量变小了,定义变广了,瞬间那些自己曾经不曾预料却一件件做成的小事浮上心头,微小的幸福积累起来,居然让我觉得这一路也实现了不少小梦想,何必懊恼。

而她也许和之前的我一样,把梦想当成了一整碗的玉米浓汤。在这碗汤里,没有好的主食,火候也不是那么到位,味道总是差了那么一点点,很不是滋味。可要是我们能享受当下,把梦想看成是一颗颗胡椒粒,学着去重视自己身上的优点和每天点点滴滴的进步,这碗汤一定会是美味的。想想,你那么喜欢拍照而且非常上镜,见到你的人没有不喜欢的。你不过才20岁,就能一个人来大理,在街头摆摊。还记得一起去二手市场甩卖的时候,看起来文静的你一下就站在别人的三轮车上吆喝,我还没有那样的勇气。你的想法很浪漫,勇敢地去追必定是要羡煞旁人的,虽然最后你没能如愿打工旅行,去遍想去的地方,又有什么关系,你已经在努力、在进步,你的人生还是很精彩。美好的事情不必着急一下子做完,如果你总是担心、抗拒,不是白白辜负了那些微小的幸福了吗?像三毛说的,我们不必在20岁的时候担心30岁的事情,30岁的时候担心50岁的事情,否则一辈子都不能安心。你说呢?

这一年,我去过一些地方,去云南是因为想不到其他想去的地方,去西藏是因为到了云南不去西藏很可惜,再去云南是因为喜欢那里的一个人,去哈尔滨是因为想看雪。学会了做菜,虽然并不美味;学会了弹尤克里里，虽然卖唱时驻足的人并不多；尝试了摆摊的生活，虽然最后失败了；还如愿搭上了飞机，虽然花费了不少钱。做了这些事之后，我很满足，虽然并没有像别人说的那样实现了如何伟大的梦想，但至少，离心里想的又近了一些。

时隔将近一年，有一天在微博上看到她说：准备 7 月去西藏，求捡人或被捡。还附上了几张非常文艺小清新的照片。我回复她说：你应该附上一些特别爷们儿、霸气的照片，这些太漂亮了，谁还敢和照片上娇滴滴的你一起去西藏啊。她恍然大悟说：对啊。我想，她终于还是出发了，但愿对于她来说，这并不算什么大事，不过是她那碗玉米浓汤中的胡椒粒、鸡蛋、火腿。虽然一个月后，她还是要回到原来的地方继续原来的工作，虽然再次出发，并没有就此实现她的梦想，但是好歹，她的玉米浓汤又美味了一些，她离自己的梦又近了一步。

玉米浓汤和胡椒粒的哲学，告诉我们，懂得追求学着坚持，懂得坚持学着知足，懂得知足才会喜乐。曾经我也很花痴并且骄傲地认为追随五月天就是我的梦想，但最后发现我追不上。他们一直在努力、前进，每当听到他们又获得哪些认可，又到了哪些国家巡回的时候，我发现自己居然还在原地，羞得不敢再说自己是在"追梦"。就算追着他们满世界跑看演唱会，听过他们所有歌不下百遍，还有幸和偶像握手合影，那又怎么样？把自己的骄傲寄托在他人身上，以为那就是自己的骄傲，其实脱离这些，自己什么也没有。什么是追，也许不是双脚跑跑就可以了的。清醒吧，他们只是你我战斗身影背后的背景音乐，是在仲夏夜里奔跑时吹来的一阵晚风，是那碗玉米浓汤里的胡椒粒。

我想，如果没有喜欢五月天，我不会得到那么多的鼓励和感动。如果没有去旅行，我不会遇到喜欢的风景。如果没有这样生存过，我会以为生活只有一种方式。如果我不曾走过这一遍，也许不会懂得生命中还有这样的苦和甜美。那些在我生命成长的长路中并不会立竿见影的种种，若我有幸能去品尝一遍，苦痛也是收获。如此想来，我也算是做了一个美好的梦。并且，继续梦下去。

　　学习他们的平常心和上进心，不偷懒，不找借口，不懦弱，也许生命的伟大就藏在这一颗胡椒粒里。

连雪都下得那么认真

从西南到东北哈尔滨，确确实实不为别的，只为了等那冬天的一场雪。也许听来有些任性又滑稽，但这简单的小愿望却足够能带我上路。我也愿意为了这不伟大的小愿望，去走一遍。小小的才是美好的，我相信。

落脚在哈尔滨卡兹国际青年旅舍，那是哈尔滨为数不多的几家青旅中历史最悠久的一家。一个老板、四个厨房客房大姐、一只猫、三个前台。惊喜的是，那三个前台居然和我一样，都来自南方，而且都在等着哈尔滨冬天的雪。

阿沐来自广东，因为男友在哈尔滨隔壁的俄罗斯上大学，所以就在东北等他毕业。小静来自广西，是几个前台中待的时间最长的一个，和我一样，没见过雪。小庹来自湖南，刚毕业，学别人来个间隔年，可是却把半年的时间都定在了哈尔滨。惊喜中的惊喜，她居然也带了尤克里里。

哈尔滨似乎没有夏天，不过才 9 月初，却已不见夏天的踪影。报纸上说今年哈尔滨的冬天会来得比较早，也许 10 月就会下雪，这让我们欣喜若狂。温度一天一天在下降，而我们的心情却愈加澎湃，传说的室内供暖让寒冷的冬天变得舒适。结果，雪还没有下，哈尔滨遇到了有史以来最严重的一次雾霾，空气质量直降到全国最低。大雪迟迟不来，11月都来了。

一天，小静和小庹值班，我在房间上网，阿沐去上瑜伽课。突然前台打来电话。

"阿秋，快下来，阿沐打电话来说外面下雪了，叫你去看。"小庹说。

我"嗖"地起来，穿上羽绒服，跑着飞奔下楼。可是哪里有雪，不过是毛毛细雪，落下来就看不见。阿沐回来说她坐公交车经过的那个街区真的下雪了。到了晚上，突然下起大雪，打开门，卡兹的院子已经被雪覆盖，虽然在夜里看不清那是白茫茫的一片。大厅里的客人全跑出来拍照，我们踩着浅浅的雪地，就像过圣诞节一样欢乐。

下雪那晚，我给旅行之前住在一起的一个朋友打电话。

"记得你出发之前说要实现三个愿望，一个是坐飞机，一个是看雪，哇，都实现了。还有一个是什么，忘记了。"她说。

"你居然还记得，我都忘记了。"我笑着说。想了很久，还是想不起来那第三个愿望是什么，但能肯定的是，一定已经实现了。

其实这趟旅行本身就是一个大愿望，而其他，不过都是自然而然会发生的事。

第二天清晨，早早起床，迫不及待地想要看看下了一夜雪的哈尔滨。出了门，发现路上的雪已经被铲到两旁，为了不阻碍交通。沿着通江街直走，右拐进入大安街。哈，两个大男生居然在堆雪人。一个拿着铲子把雪铲到雪人身上，一个正在用黑色的塑料袋从雪人的头上围到脖子上，做它的帽子和围巾。雪人的眼睛、鼻子、嘴巴也很随意，好像只要不是白色的东西，都可以填充上。

本以为堆雪人是小孩子才会做的事，而且堆出来的雪人一定是十分精致的。沿着中央大街边走边看，几家商店门口都堆起了雪人，有些粗糙的连鼻子都没有，眼睛和嘴巴也是用塑料袋随意一卷塞到雪里。也有精致的雪人，用乒乓球当鼻子，用硬纸剪了个笑开的嘴，再扣上一个盒子当帽子，非常可爱。这才发现，对东北人来说，每年都能见到的雪竟也是整个城市的乐趣。他们信手拈来，并不刻意。也许那些带着孩子出门的大人们，在这样一场大雪里也好似回到了童年。年复一年，如期而至的雪，让他们不经意间发现自己已成长到现在的样子。这样的依赖，这样的习惯，这样的回忆，不是一个路经的游客能感受到的。我看到的不过是这雪花的美丽，而他们看到的却是整个哈尔滨的美，是生活的美。

中央大街是哈尔滨最热闹的一条街，每天人群穿梭。除雪车配合着清洁工，正在清理街上的积雪。被除雪车翻起来又铲起来的雪，像失了颜色的美人，任人蹂躏。地上的残雪也不见得幸运多少，被路人的肮脏的鞋底踩得黑白分明。此刻，它是城市交通的障碍物，加重了城市清洁工的负担，还会造成现实生活中令人忧心的灾难。

索菲亚教堂外，拍照的人已来了不少。雪中的索菲亚大教堂透出一丝森严的美，像电影《哈利·波特》里的魔法学校。人们像往常一样来这里喂鸽子，只是雪天里的鸽子却喜欢停在教堂上，居高临下，欣赏这白茫茫的世界。偶尔飞下来几只也只是觅食，已不见它们成群绕着教堂盘旋飞翔。它们也知道蓝天被雪遮盖，也知道天冷无奈，也知道晴天雪天，季节更替，是生活常态。

抬头看那缓缓飘落的雪，用手去接，落在手套上，那是一片片小小的，构造却十分规则精致的结晶，和圣诞节时挂起的那人造大雪花竟长得一模一样，美极了。我认真地端详着这些雪花，把眼睛看进那结晶上细小的边边角角，惊叹着大自然的神奇。

回去的路上，大雪迎面飞来，像一群伸开小手臂蜂拥而来的调皮小孩，让人忍不住也伸出双手去和它们拥抱。大街上的人来去匆匆，不知道是否有人也在细细观察这雪花的样子，也在惊叹这鬼斧神工的美，也想拥抱这份白茫茫的热情。

雪不停地下，除雪车不能离去，马路上的清洁工忙里偷闲，在一旁聊天。道路两旁堆积起来的雪是等待运送拖走的垃圾，没人愿意走过去看它，地上被踩过的雪也早已不是它原本的面目，挤压成一块又一块，变成白色的冰，被好玩的过客滑着玩耍，弄得脏兮兮。但我并不为它们感到惋惜，因为这才是哈尔滨这座城里的雪，这才是一场雪所遭遇的见闻。

朋友在网上问我是否去了雪乡，还发来几张雪乡的照片。堆积如山的雪上一尘不染，再搭配上那里的小木屋、红灯笼，确实美不胜收。但我更爱留在哈尔滨守候这里的雪，尽管有人来扫雪，有人把它弄脏，却赋予了这自然奇观一种独特的生活气息，酸甜苦辣，有滋有味。雪乡的雪是不食人间烟火的神仙，而哈尔滨的雪是偷偷下凡的仙女，落在墙角里，偷看行人，落在树枝上，随风乱颤，落在花圃里，遮住那一丛花朵的羞涩，落在路人的肩上，看遍整条街景，落在一座城市，被化身成了欢乐的雪人。她看见了热闹的街市，看见了满目的商品，还有那新鲜出炉人人争抢的包子，便再也不想回去。好似人间一遭，胜过天上千年。

而我，好似也变成那纷飞大雪中的一朵，说是来看看就好，最后还不是贪恋了人世间的繁花似锦，甘愿落得那一身狼狈。分明是为了看雪而来，看到的又哪里仅仅是雪，而是这一片苍茫大地呀。

一趟旅程 为了心上的人

对于旅行，有一种人说，不去会死。因为他的心早已奔驰在路上，为了那无边无际的美。有一种人说，总有一天我要去……那时我一定赚够了钱，又有时间，正好到了该享受的时候了。还有一种人低声地说，旅行啊，会不会有危险啊，我觉得现在这样挺好。突然有一天他浪迹天涯，为了那心上的人。我想，能让你跋山涉水、千里迢迢而至的，就是爱了吧。

而我，暂时是那第一种人，但不像那样决绝。此时的我，正穿越在大兴安岭之中，哈尔滨到漠河，这将是我今年冬天的最后一个目的地。一天一夜的火车去，一天一夜的火车回，不管怎么算，我还是只有不到一天的时间在漠河停留。是啊，这么短的时间到底能看到什么，千里迢迢跑这一趟，为了什么。总之我已经上了火车，没有计划。

去往漠河的火车每天两列，车上坐满了人。此时坐在我旁边的是一位纯东北大老爷们儿，他裹着一身棕色大衣，黝黑而粗糙的脸颊，一双黑亮大眼睛，一口顺溜的东北腔调，浑厚的中低音声调，说起话来显得格外豪放又潇洒。这位大叔，便是我遇见的第一位漠河人。

"诶，大叔，你们冬天都怎么生活啊，那么冷，零下40度，怎么受得了呀。"我好奇地问他。

"俺们那儿大白天还行，到了晚上就得待在屋子里，这一出门就给冻着，虽然外边零下40多度，可是往家里的炕上一坐吧，热乎乎的。"大叔"呵呵呵"颤动着笑声。

我又问："漠河有什么好吃的没有？"

"到了漠（东北人把 mo 读 me）河你去买蓝莓，买野生菌，还有灵芝。"我心想：灵芝？我看起来像买得起灵芝的人吗？

于是我回答："蓝莓我们那里到处都有，野生菌和灵芝也不一定要去漠河买啊。"

大叔又笑了起来，也许是笑我不懂漠河的东西有多好。他自豪而坚定地说："俺们那儿的蓝莓可是纯野生的，采下之后晒干，绝对没有任何添加的东西。"我不置可否地点点头。

"那好玩的呢？"

"好玩的那可多了，北极村、北红村啊，你返回的时候不要坐火车，从那一头去黑河……"大叔用手指笔画着，好像指着地图一样，又说出了很多我不知道的地名，那些地方在他的脸上和话语中展开了一幅美丽的风景。大叔意犹未尽，还想再说，却不知道哪里才是尽头，于是总结道："哎呀，要说好玩的那太多了，真是说也说不完啊。"那自豪的笑容充满了那张被岁月侵蚀的脸，我被大叔的热情和他说起家乡时手舞足蹈的画面吸引住了，更被他那浑厚的笑声回荡得若有所思。若是要我说起家乡，想必也是这一番自豪吧。

第二天一早，火车到了大兴安岭的首府，加格达奇。记得昨晚大叔说过，他在几年前已经把家从漠河搬到了这个地方，虽然加格达奇的冬天也有零下一二十度，但是相比漠河来说，好多了。他从座位上拿下行李，我也坐起来，等着车靠站时，和大叔告别。虽然我不知道大叔之前去了哪里，但是这一趟旅程，我知道他迫不及待地想快点到家，那里有妻子、儿女的等候。那是心上的家乡，那是每一个离家在外的人最温暖的目的地。

大叔走了，接着周围的人也陆续下车，六个人的座位最后只剩下我一个。这时我发现了过道对面的她，一个哈尔滨姑娘，那边六个人的座位也只剩下她一个。我们是在同样的时间上了同一辆车，座位却隔着过道，一左一右，我以为坐在她身边的是她的家人，她以为坐在我身边的有我的同伴。直到这时，人群散去，我们才发现彼此都是一个人。我开始好奇，她的这趟旅程，为了什么呢？

窗外茫茫的白雪铺天盖地，沿着漫长旅途一路延伸，覆盖住铁路两旁的农田，若隐若现的黑土让我望出了神。我和过道那头的她对望了一眼，我俩笑了笑，然后她招手让我坐到她对面的空座位上。孤独的旅行者终于找到了伴，可是想要说的话却找不到开场的话题，于是便一起望着窗外发呆。

"雪地里一点一点黑黑的是东北的黑土吗？"我问她。

"是啊，因为东北冬天常下大雪，农民没有办法出门劳作，土地在过了秋冬之后吸收了更多的养分，变成更加肥沃的黑土，所以东北的农作物是一年一熟，生产出来的大米更好吃。不像南方，农作物应该是一年两熟

174

吧，还是三熟的？"我正认真地听着她说，突然被这么一问，懵住了，回答说："有两熟，也有三熟吧。"

"你看，那些高高的就是白桦树。"妹子指着窗外的树林子告诉我说。"就是朴树的那首《白桦林》里的白桦。"她又补充了一句，其实我也正想到这首歌。

"难道朴树是东北人？"我问她。她笑了笑，也被这个问题难倒了。

"对了，你到了漠河住哪儿啊？"终于把话题转到了正题上。

"我住朋友那儿。"她简短回答了一句，似乎不太好意思说下去。

"哇，你在漠河还有朋友啊，真好。他是漠河人吗？"我的好奇心又激发了，听到跟漠河有关的人就像遇到了宝。

"他是我的一个学长，在漠河的部队当兵呢。"她开始有些羞涩，声音越来越轻。

"哇，你朋友在部队啊。那你不是可以经常去漠河玩吗？"一时间我忘了哈尔滨和漠河的距离，并没有那么近。

"我也是第一次去，刚好放寒假，就过去玩一玩。"她说。原来她还在读大四，正准备考研，而那个学长，应该不只是学长而已吧。

过了一会儿，她突然说："你住哪儿，要不要跟我一起走，住他们部队的招待所，第二天我们再一起去北极村。"

"可以吗？我也能住部队里？如果这样的话，我还可以省一晚住宿费了。"北方的姑娘就是豪爽热情，我被她说得心动，脑海中已经开始想象我们晚上将要住宿的那个部队招待所的样子，小小的，只有一张床，暗暗的暖暖的灯光，应该是一间专门为军人家属准备的房间，简易却不简陋。

不过，我的时间太赶，如果和她同行的话，就要等到第二天才能去北极村。

下午四点，开了一天一夜的火车终于到了漠河车站。我俩全副武装，帽子、围巾统统戴起来，准备下车迎接传说中的零下 40 度。刚下火车，两人惊讶对看一眼：咦？怎么不冷啊。干脆把帽子脱下，真的不冷。我们四处望了望，一辆部队吉普车停在前面，车旁边站着一个憨憨的男生，不高不矮，腼腆地笑着朝我们招手，他就是"学长"。两人见了面，并不热烈地寒暄，只是微微笑着。学长看见我也并不诧异，我想在火车上时一直握着手机的她一定早就和学长说了一路的话。我不好意思地问他："车坐得下吗?"便坐上了部队的车，进城去。

部队的车载着我们从火车站往县城里开，招待所还没看到，车却停在了一家宾馆门前。我们都傻眼了，互相对望：不是住招待所吗？怎么整到宾馆来了。学长说因为部队临时来了个领导，原本说好腾出来的房间又被领导占去了，所以只能住宾馆了。学长在前台订房付账，我悄悄跟妹子说："要不我还他一半房费吧。"妹子坚定地说："他不能收!"我心想：不能收？为什么不是不会收。

在宾馆休息了一会儿，学长问我们晚上想吃什么，而实际上，学长早就准备好了一家火锅店的小包间，还邀请了他的几个战友，这时候已经在等着我们了。饭间，学长十分周到地帮她夹菜，还提醒坐在我旁边的一个小伙伴负责让我吃好。这时，学长示意他的战友们："你们……也表示表示啊。"会意的战友们一个个陆续举起酒杯，欢迎我们远道而来，还把学长在部队的表现赞扬了一番，像是在替学长汇报在这里的情况。她也毫不逊色，大方地举起杯子，说着感谢的话，令我刮目相看。

饭后，大家各回各家，学长提议要带我们去附近散散步，又怂恿了一个战友陪同。他们想单独相处，又怕冷落了我，于是便"牺牲"了这个战友宝贵的休息时间。我们沿着马路走到尽头，顺着长长的阶梯往上看，是漠河县城的地标——北极星，直指着天空。走上去，就来到了藏在"北极星"后面的漠河北极星广场，再转身俯瞰，静夜里的漠河尽在眼前，像国庆阅兵式一般，被刚刚那条来时的路平均分成两列。踩着脚下厚厚的雪，望着头顶缤纷的星空，对他俩来说，这该是个多么浪漫的夜晚。

这是一对"胆小"的恋人，一个拉上了我，来见心上的人。一个拉上了自己的战友，才好意思牵着心上人说几句悄悄话。晚上，他俩先回到旅馆，一直等到我们要找他们时，学长才告诉我，原本属于我的床铺现在被他占去了，千叮万嘱他的战友再帮我找个住处，务必保证我的安全。虽然消息很意外，但是我还是庆幸，没有成为他们的电灯泡。第二天，去北极村的路上，他们不像刚见面时那样拘谨了，好在一路上我们有司机做伴，到了北极村，还有哨所的战士到村口接我们四处游览，他们终于也不用刻意顾及我了。

中午在部队大楼里吃过午饭，大家把我送到大楼门口，还是由那位战士送我去车站。我慢慢地走向那辆最北哨所的吉普车，边走边回头，告别、感谢，还有不舍。看着身后的学长和她，站在一起，我才发现这趟旅程，对于她来说意味着什么。现在，她早就忘了路途的遥远，也不再害怕见到那些连长、排长，或者战友，总之是一个只有男人的世界，因为她已经完成了最勇敢的部分，因为她的身边还有他。这趟旅程，她为了心上的恋人，翻山越岭。

在回去的火车上，我又遇见了一个漠河人。确切地说，这位阿姨是哈尔滨人，30年前嫁到漠河来，而这趟旅程，当然是她回娘家。看到车上几个背着包的南方姑娘、小伙，阿姨有些不能理解又心疼地说："哎哟，北极村那就是个农村，你说有啥好看的，真是遭罪啊，要是夏天来还有的看，绿绿的山啊，这冬天一下大雪，什么都被遮住了，有啥可看的呀。"我们几个互相笑笑，早就习惯了被北方人乱"同情"。哎，北方人永远不懂南方人这"奇怪"的向往白雪的梦。

阿姨十分和蔼，一点也不拿我们当陌生人，聊天中，她说自己很久没有回娘家了，终于要回去了，却是因为家里的一个哥哥去世，才匆匆赶回家奔丧，说着眼圈就红了。看着阿姨脸上一块一块的疤，可以想象她嫁到漠河来的日子并不好过。她说村里的人都是做烧砖的，刚开始的时候不熟练，常常被烫伤，脸上、手上都是疤，不过现在慢慢地熟练了，伤疤也好了些。平凡人的生活若是要挂到嘴边，就算是再大的风雨和艰辛，也不过这样轻描淡写。若是没人问，她们大概不会提起，所有沉甸甸的岁月，藏在心里的，才是说不出的真实。我想到天下的父母，哪一个不是为了自己的子女，甘愿辛劳一辈子呢。阿姨的旅程，显得悲伤了些，为了送走心上的亲人。

而我呢，幸好没有忘记一位同学的嘱咐，让他如愿听到了来自他心中梦想之地——漠河的声音。有风声、有雪声，还有远处叫卖特产的吆喝声。也许哪怕只是漠河的蓝天、白云、阳光，对于一个心生向往的人，都是特别的。也许，就算我什么也不说，他也能听到这头的声音吧。而这些，对于我来说便是这趟旅行中最有意义的一件事，因为能帮助别人完成梦想，哪怕只是铺一块石头，都是一种荣幸。

火车又过了一夜，我回到了哈尔滨，那些远去的景象，像做了个梦。

这一趟旅行，我遇见了那么多人。他们像是故意不知道我的时间有多么紧迫，一下子统统闯进我那宝贵的分分秒秒，最后把那些分分秒秒都占为己有。是的，是他们充满了我的记忆，充实了我的旅程。那些初次相见的人啊，我们一定是曾经在哪儿见过，否则你不会一下认得我，和我述说了那么多的故事。

想起那些走过的路，就像听到一首撩拨回忆的歌，那些记忆明明已经十分久远，却发现自己还在怀念，并且拼命地想往久远里钻，直到那一丝味道一点一点地飘出来。然后我和这记忆像两个久别重逢的故友、恋人，就是这么一见，不知从回忆里钻出多少感动来。

不禁想：下一趟旅程，我会为了心上的什么人呢？

第六章
去泰北，当一个幸福的义教老师

泰北，被称为中国小云南。

这里山连着山，村连着村，

孕育着中华民族流落他乡的种子。

一花一树，一草一木，所有事物的成长，

总有它的故事。

泰国校长的中国心

"河山只在我梦萦，祖国已多年未亲近，可是不管怎样也改变不了，我的中国心……"在新旧义教老师的迎接欢送会上，校长带头，自豪地唱起了这首他最爱的歌曲——《中国心》。校长有些激动，没有跟上音乐里的节奏，却依然唱得字字铿锵有力，是自豪，是欣慰，是感动。而对于刚刚踏上泰北这片土地的我，并不十分理解这首歌对于他的意义。

2014 年 1 月，通过国内海外华文义教的申请，我和另外四个女孩来到泰北，上山的汽车停在清莱府一个叫作美赛的镇上，我们将要在这里兵分两路，到两所华文学校义教。我和好友小吉子分别作为两队的队长，从清迈上车开始，就不断联系各自义教学校的校长。在车上，我俩坐在一起，她有些羡慕地说："你们校长真好，一直给你打电话询问，可是我这边校长临时有事，好像是一个主任来接我们，感觉没有你们的校长那么热情。"我笑着说："不会啦。两所学校一定都会很热情的。"过了一会儿，我们的校长终于开着他的皮卡车过来了。在车上时明明把电话交给车上的乘务员，让他和校长沟通，可是校长却在一个错误的地方等候了我们一个多小时。

校长从车里下来，和我想象中的山村老头简直天差地别，黑黑的脸颊上虽然有些皱纹，但是展现出来的精气神，我只能用一个词来形容他：帅气。我悄悄地对小吉子说："我们校长好帅，值得你羡慕了，哈哈。"与校长的第一次见面，依然记忆犹新。后来和校长说了这件事，他哈哈大笑，额头的皱纹都开心得动起来。每一个从祖国来的老师，他都能给予无微不至的照顾，即使他做得远远多过我们，却依然内心充满感恩。

校长姓田，单名泰国的泰，虽然他希望我们亲切地叫他田大哥，可大家还是尊敬地称他田校长。在泰北这块土地上，他已生活了二十多年。那段年轻时在湄公河漂流几天几夜后到达泰国的经历，他总是津津乐道。可惜那些都是饭桌上的侃侃而谈，每次我都没有听全。"借途养命"，他总是这样形容自己和流落在这里的中国人，因为在当时的泰国，没有人敢说自己是中国人，一旦开口说中文被发现就会被抓起来。而现在，在泰国，何处没有中国人的身影。所以他常说，要感谢祖国的强大，我们才可以在这里生活下去。而教书育人，这份默默撒下种子，耕耘了近二十年的付出，注定要陪他走过这一生。这个学校不能没有他，孩子们不能没有他，这个小村子里的华文教育不能没有他。这个"甜"大哥，早就苦够了，他常常拿自己说笑：呵呵，苦大哥一个啊。

泰北是泰国华人聚居地最多的地方，我们所在的村子康兴村几乎都是华人。他们的祖辈大部分来自中国的云、贵、川，尤以云南为最多。这里生活着抗日战争时期被遗忘的远征军的后裔，甚至有些当时的老战士，现在还健在。同样是中国人，学习中文对于这里的孩子们来说却是一件困难参与还是我们的上台表演，都是让健群中学被更多人所看到的一种方式，可是我们却错过了这样一次机会。回去后，内心愧疚得要命，在被窝哭了很久，无法原谅自己。那些事情让我深刻地体会到，每一个你，不管之前做什么，而一旦作为这里的老师，你的一举一动都影响着学校，包括校长。他的积极、他的努力可以让人看到健群中学的未来，而老师们的优秀则代表着校长的能力，代表着孩子们的希望。这个学校，需要更多的重视；这里的孩子，需要更多的关怀。我们能做一点，就再多做一点，又何妨。

在泰北生活的点滴，我们都会分享到自己的空间、微博。一个在电台工作的学姐知道我在这里义教，告诉我说，她准备和领导申请来泰北，对这里的情况做一次报道。我把这个消息告诉校长，校长很开心，问什么时候来，吃住都没有问题。我说她还问来了会不会打扰，校长说，哎呀，怎么会打扰呢，求之不得啊。可惜因为时间原因没有来成。回到中国后一次和校长通电话，他问："林老师工作怎么样啊？"我说："在做网络编辑。"那头的他似乎是耳边一亮，像个小孩似的兴奋地说："不错啊，那能不能把我们学校写上去。"弄得我哭笑不得。校长的心无时无刻不为了那所辛苦坚持下来的学校，不为了那些孩子。爱的教育会传递更多的爱，孩子们也许不能成绩优异，但至少在做人上，有了校长这样一个榜样，不会变坏。

2013 年，他曾带着女儿回到中国的老家，四川成都。二十多年不见的爸爸和妈妈，黑发变白发，都老了。想到自己离开□□□□□□年，现在都是一个男□□□

世。我惊讶地问校长："您在老家还有妻子和女儿？"他说："啊，那当然啦，我那时也三十多了啊。"我好奇地追问："那您家里有妻子，这里也有，那怎么办？"校长以为我们误会他三妻四妾，急忙解释道："哎呀，这能怎么办，都是时代造成的啊。"

在中国，靠右行的车他不敢开，拥挤的公车他不敢坐，汽车喇叭的鸣叫声吓得他们只敢躲在出租车里。要知道，校长在泰北的开车技术可不赖，我们常常站在校长的皮卡车后，一路飙着车兜风下山。路上极少车辆，几乎没人需要按喇叭。虽然他早已习惯了在泰北的生活，但是每每提到回到中国的事，他总是很自豪，那对于他就是一件大事。"流在心里的血，澎湃着中华的声音，就算身在他乡也改变不了，我的中国心……"在校长的车上，我们陪他一起大声地唱起来。

"同是异域沦落人，为难胞孩子多做一点，再多做一点"，这是学校办公室里校长座位后墙上的一句话，我想，这就是校长始终怀着悲悯之心的信念吧。而要说他这样坚持着在异国他乡传承中华文化，靠的不就是一颗中国心吗？

学校的旗杆上依然飘着泰国国旗，每周六学生们依然要唱一遍《义勇军进行曲》，此刻校长也许正在为学校写一份向某个办事处申请物资的函，也许正开着车飞驰在那条宽广的下山公路上，为学校的一草一木添砖加瓦。也许如他所说，这就是他这一生要做的事。他说若是年轻时随别人去做点生意，也许现在就发财了，可他没去，我们说校长现在桃李满天下，他说他没有别人那样成功，我们都说，他成功了。

本自己的自传，但是苦于

太过忙碌，言辞有限，他希望有人可以帮他完成。他说若有时间去写，绝对可以写成这样厚厚的一本，他比画着。我不能帮他完成，便谨以此文表达心意，通过我所了解的碎片点滴，用微弱的只言片语，来记住我心中可亲可敬、平凡而伟大的田校长。

不快乐的书 我不能教

　　小的时候就有个梦想，长大后要当一名语文老师或是音乐老师。仗着自己语文成绩好，老师又常夸我能歌善舞，总觉得这是理所当然会实现的理想。可是谁知到了初中，这念头突然被打消，因为老师们都说：长大以后千万不要当老师。我是个听话的学生，这话自然也当真了。而儿时教过我的那些老师，十年如一日，依旧站在那四四方方的课堂上。我也渐渐明白，每一份职业必有一份苦楚，而能让人坚持下去的，还是爱。

　　我不是个怀有大爱的人，到泰北义教的初衷也并非全为了这些流落异国的华人子弟，还为了在一处陌生的土地留一份旅行的印迹。我想以从来没有尝试过的方式来体验别样的旅行，可是却在踏上这片土地，遇见这些学生之后，甘心放下有关于旅行的想法，只想全心全意上好每一次课。备课、讲课、改作业，我觉得自己在做着比四处行走更有意义的事。未来的两个半月，就算只是在这山里看着日出日落，听着上下课铃声，未尝不是一次快乐的泰国之旅。

　　刚刚完成了半个学期教学的义教老师已经下山，准备回中国了。前一天晚上，我们简单地交接了工作，转交了课本，交代了班里学生的基本情况。虽然对于学生来说，频繁地换老师对他们的学习并不好，但因为签证原因，每个老师的停留日期有限。老师们的来来去去，他们早已习惯，把这当作是提早看淡人世间的悲欢离合，未尝不是一件好事。虽然我们不能在教学上完整地传递知识，但是爱的传递，只有有人来，就不会间断。

期中考试刚过，上一批老师刚走，我接下了中一班和中三班的国文以及数学课，又兼中三班班主任。昨天上中三班国文课，上新课之前让他们重新念一遍学过的课文，看看他们的程度如何。结果出乎意料，十几个学生，没有几个能完整地念下来。今天上数学课，期中刚刚考过的二次函数对于他们来说好似从来没学过，再次复习一遍又记起一些，可是到最后要计算时，卡在了加减乘除这些最基本的数学运算。备课时预想好要上的课，还没来得及翻开到那一页，下课铃声就响起了。等到放学的时候，勉强讲完一道题，大家迫不及待地收拾书包赶着回家，有些学生家在附近的村子，自己没有摩托车的就要搭村子里负责接送的卡车回去，我还不罢休，追着他们的背影叮嘱要记得去背九九乘法表。想到他们已经是初三的学生了，这一学期过后就要毕业了，突然不知道要从何教起。

"怎么办，怎么办，他们的数学很差啊。"回到办公室，看到同是来义教的莹莹老师，忍不住叫喊起来。

没想到校长也在，他突然从办公桌下面站起来，淡定地笑笑，抖抖肩说："适应就好。"我因为不小心在校长面前说学生差的话，有些不好意思。

虽然那两节课的效率远远不如我的想象，却让人很珍惜、很享受。课本上的知识通过老师的讲解，竟然就能传递给别人。即使涉及的知识面很小，依然觉得要慎重地说好每一句话。那些学生从小在山里长大，习惯了无拘无束，就算是飙着车飞驰在公路上，也不会有人管。公路上人烟稀少，来往车辆少得可怜，不需要按喇叭，更不需要给谁让路，开着车就像大水冲泻而下。即使是在泰文学校，课堂上随意唱歌吃东西也是常见的事，还有学生随意走来走去，甚而有调皮捣蛋的走着走着就跑到教室外躲起来玩了。可是在华文学校，别说是走来走去，在课堂上接头交耳就是不守纪律了。为了让他们能遵守学校的规范，非得和他们约法三章才行。有时候我也在疑惑，以中国式的教育来规范他们的行为，是对的吗？当并不喜欢应试教育的我们终于有一天从学生变成老师时，竟然还是无奈只能跟着主流，以同样的方式上课，真是时代的悲剧。不管是在国内，还是国外。

过了几天，隔壁的泰文学校要举办三天两夜的童子军军训，班里几个学生来请假，不得已只能答应他们。原本人数就不多的班级少了几个人，更加寥寥无几。他们不担心自己会落下几节课，更没有人会来补课。因为每天在泰文学校上了一天的课，还要继续来华文学校学习，留给自己的时间少得可怜。好容易逮到可以玩耍的时间，自然是求之不得。

一天晚上下了课，校长把我们聚集起来，说是村长邀请老师们去参加泰文学校的露营晚会，还说下一次的军训也许会让我们参加，几个老师非常开心，听说他们的活动有爬山滚泥巴，比国内的军训好玩多了。我没什么兴趣，单是他们的数学成绩就已经够我烦恼的了。几分钟之后当车开到大草地，听着篝火边传来一阵一阵音乐声、尖叫声，大家忍不住兴奋起来，远处的歌声瞬间把我从教科书里拉出来，迫不及待朝着篝火奔跑过去。广阔的大草地，四面环山，圆圆的月亮下燃起一团篝火，音乐响起的时候，所有学生聚到中间一起跳舞，那是一首在泰国家喻户晓的歌，像中国的《最炫民族风》。山里冷冷的寒气让学生们不禁拿着被单当披风，把自己裹成一团。我们跟着校长坐在仅有两排的椅子上，有人恭敬地递来茶水，过一会儿又端上来一碗瘦肉粥。现场一句句泰语此起彼伏，一组学生的小品表演逗得大家哈哈大笑，我们几个却丈二和尚摸不着头脑，一句也听不懂。接着几个男孩穿着裙子扮女人，迈着猫步别扭地走起模特秀，一个个害羞得不敢抬头，大家又是一阵哈哈大笑。要是知道他们的露营这么好玩，我想都不想就会推着学生说快去参加。我跟莹莹开玩笑说："太好玩了，都不想下山了啊。"

无拘无束地放声大笑，那才是属于他们的童年。而我们若是把课堂变成一个灌输知识的牢笼，不是白白辜负了那一份天真无邪了吗？我心想，若是每天放学后，学生们是苦着脸离开学校，便说明我教得不好，若是他们都是笑着和我说再见，那才是最大的收获。

所以，亲爱的同学们，不要认为我是故意叫你起来念课文，而是希望你知道就算你坐在最后面，我还是会关注到你。不要觉得被叫到黑板上来做题是为难你，你会发现这样的方式会让你记得更牢。不要埋怨我把你们的位置前后对调，只有坐到最后才能让你知道我为什么不让你大声讲话，成绩不好没关系，但是我们要学会尊重别人。不要怪我小气，上课时不让你去厕所也不能出去喝水，想想你刚刚迟到了多久吧，随心所欲不能叫作自由。不要介意我在你们的作文本上写的评语比你们的作文还要长，只是想说的话不能一个个去说，只能写出来，我和你们一样是个爱玩的人，不是只会写分数。不要奇怪值周时我也跟着和你们一起扫地倒垃圾，不要认为老师就一定只会指挥人做事，不懂劳动的付出。最遗憾的是，最后因为课程进度的原因，不能再抽出课时来唱歌，一首教了一半的歌，还是没有机会和你们一起接着唱下去。

两个半月的时间太短了，每天的两节课一点也不够，但好在，你们已经会跟我开玩笑，嘻嘻哈哈地叫我"阿秋姐"，我们像朋友一样聊天，一起完成一次又一次的课程。学无止境，快乐永远比分数来得重要。我享受着每天和教学有关的点点滴滴，尤其喜欢抱着课本踏着铃声从办公室走向教室的那一段走廊的路程。因为那样的我是做好了准备的，是自信满满的，是相信即将要开始的这堂课不会是枯燥无味的。这样的一个我，是为了分享快乐而来，因为在我看来，那也是一件伟大的事。

那些日子 哭着哭着就笑了

菊姐，我们都这么叫她，只有比她年龄大的人才会叫她阿菊。虽然我们关系已经很好了，却不知道彼此的姓名。其实不必知道，我就叫她菊姐，她叫我林老师。

两个半月的泰北义教日子过得不紧不慢，不亦乐乎。唯独可惜的是，当我们对周围的一切开始渐渐熟悉，甚至变成习惯的时候，离开的日子也到了。记得那几天，学生都考完试，校园里静悄悄的，只有菊姐那两个儿子有时大清早，就摇晃着学校的铁门，喊着："林老师开门，林老师开门。"而菊姐，早就到村子里一家正在办丧事的人家里帮忙去了。直到我们离校的那天，她也是匆匆跑来，偷偷往我的行李箱里放了一条围巾和纸条，看着小纸条上笨拙的字，其中还有几个错别字，说不出的感动。不过，忙碌，否则也是抱着大哭。

菊姐的家，就在学校对面，是整个村子离学校最近的人家。屋子，虽简陋却干净整洁。屋前，是一圈茂盛的三角梅围起的小土院，小院里还有一棵足够乘凉的大树。屋后，是一片菜地，还有几盆撒了种子却并不十分照料的小菜。而最吸引我们的还是屋外那一棵挂满芭蕉的芭蕉树，每次经过，都要抬头垂涎仰望：什么时候才能变熟呢？

山里的清晨清冷而宁静，每天早晨固定七点起来，穿上外套，打开学校的大门，因为过一会儿，学校的厨娘就会提着一袋袋刚买来的午餐需要的蔬菜鱼肉，来给我们做早饭了。这时，就会看到菊姐的两个儿子大钩和大升正在屋外追逐打闹，一轮红日在远处的山头升起。我望向菊姐家的院子，空荡荡的，厨房和卧室的门都紧锁着，不用多想，她一定是去玉米地扛玉米去了，这是村子里大部分人赖以生存的农作物，是家家户户最重要的经济来源。日复一日、年复一年的辛劳，原本身体就不好的她终于在几年前病倒了，暴瘦到45公斤。

第一次跟菊姐接触时，就发现她的异样。脖子比一般人粗许多，喉咙处肿起一大块。说话时嘴唇会颤抖，做起事来，双手也微微抖动着不太听话。她说这个病自从几年前那次发作之后，就没有消失过，每天只要做事稍微着急一些，感觉很累的时候，就开始头晕眼花，心慌胸闷，夜里也常常因为脖子肿大，好像有什么东西卡住而无法入睡。看了医生，说是一个长在脖子里的肿瘤，也吃过药性最强的药，但那还不是消除肿瘤，只是杀毒而已。虽然知道这个病不可以太操劳，但是她没有办法，两个儿子的学费、吃饭、自己的病，都需要钱，整个家都靠她一个人在支撑。

是的，她相当于是一个单亲妈妈，因为大钩和大升的爸爸在菊姐还怀着大升的时候，就去了曼谷打工，至今没有回来看过他们。在离开半年之后，他曾打过一次电话，说给他们寄来了2000泰铢（不到四百元人民币）。菊姐很生气，说半年的时间，他给这个家寄来2000泰铢的钱，他知道养这两个孩子，每天需要花多少钱吗？但是骂了几句却也气不起来了，没想到他还能惦记着这个家，令她哭笑不得。大升今年 4 岁了，他没有见过自己的爸爸，大钧 5 岁，爸爸离家时他不过才 1 岁，对于爸爸，他还会有什么印象呢？

菊姐和她的丈夫都是缅甸人，年轻的时候都在曼谷打工，当时工厂里有很多男孩子都喜欢这个乖巧的女孩，可是最后菊姐选择了他。她说："那时觉得他是最好的，没想到会变成现在这样。"说到"最好的"的时候，菊姐笑得很开心，好像回到了当姑娘的时候。他们交往之后回到缅甸结婚，生了大钧，因为生活困难，又一起来到泰国，来到现在居住的这个村子，因为丈夫的阿姨也在这里，算是有个照应。

金三角是有名的毒品盛产地，这个村子也有不少吸毒的人，菊姐不知道自己的丈夫什么时候也开始学会吸毒，渐渐地，农活也不干了，成天和那些吸毒者聚在一起，挥霍着家里原本就不宽裕的那点钱。终于，菊姐忍无可忍，对丈夫说："你这样浪费家里的钱，还不如给我去曼谷打工。"丈夫真的走了，这时菊姐才发现自己又怀上了孩子。抚养一个孩子尚且困难，她不知道该怎么办。周围的人都劝她，把孩子打掉，可是她连去医院把孩子打掉的钱都没有。

虽然挺着大肚子，她还是每天照常去山里的玉米地背玉米，几十斤，从山上背下来，以为这样或许可以让肚里的孩子流掉，可惜那个孩子还是顽强地出生了。他活泼得像只猴子，小小年纪却像个小大人，顽皮捣蛋话又多，不像他哥哥那样安静、听话。也许正是因为这个孩子的到来，让菊姐原本艰难的生活变得生动活泼起来，充满希望。大升是一个鬼精灵，常常说出一句话，就把她逗得哭笑不得，也让这个家多了些欢声笑语。和他们相处的这两个多月，我从没有听过这两个孩子说起"爸爸"这个字眼，而菊姐和我们聊起这些时，似乎也并不避讳孩子在场，因为他们早就知道这些，也习惯了家里没有爸爸的生活。

懂事的大钧非常听话，放学后就在家里做作业，也不和其他小朋友打闹，只是学习成绩不佳，抄写了一晚上《弟子规》当中的几句，还是记不住。学习不够用心，反应能力又较差，让菊姐操了不少心。菊姐说，太累了，白天要干活，晚上还要陪他写作业。小时候家里贫穷，她把学习的机会让给了弟弟妹妹，自己也没有念过几年书，因此辅导儿子写作业也是力不从心，只能监督他不要偷懒，可是有时没了耐心也会忍不住训他。大钧受了委屈，也不哭出声来，只是一个劲地抹眼泪，菊姐还是不依不饶地训斥着，但心痛的还是自己。之后，我也经常晚饭后去给大钧辅导作业，因为本来就很喜欢大钧这个孩子，同时也可以为菊姐减轻一些负担。而大升的性格和哥哥截然相反，是个十足的调皮鬼，每天到处乱跑，全身弄得脏兮兮的，可是却爱干净，每天一定要换两三件衣服才行，这也许跟菊姐严格的教育有关。泰北这里的孩子都有个奇怪的习惯，进门一定要脱鞋，但是却可以穿着袜子里里外外到处乱跑，这不是等于没脱一样吗？而菊姐不一样，她要求他们进门脱鞋，出门穿鞋，房屋虽简陋，却十分干净。所以大升那滑稽的"洁癖"也是有原因的。顽皮的大升还会要小聪明，常常菊姐说东他跑西，等到要挨打了撒腿就跑，边跑还"呵呵呵"笑着，连菊姐也拿他没办法。而他又是个贴心的小大人，常常撅着嘴跟菊姐说：妈妈，你不要那么累。菊姐说：我要是不累，你们吃什么穿什么啊。他听了有点小生气，事实又是如此，哎。这两个孩子是她的全部，是她生活的所有意义。

菊姐是个善良而宽容的人，没有一些农村妇女那样小心眼。她说："想那么多也没用，他们的爸爸做到这个份儿上，我也不想再伤心了，生活还是要过下去的。"我在心里佩服她，能说出这样的话，拥有这样的心胸。也许是上帝眷顾，所有来这里义教的老师都喜欢菊姐和她那两个孩子，每天中文学校上课时，菊姐的小卖部也张罗起来，大钧和大升帮忙搬东西，我们就在她忙不过来的时候帮她招呼那些小学生，收一收钱。义教组织的两位创始老师，第一次来到这里时纷纷看上了这两个孩子，非要认他们做干儿子。现在一位是大钧的干爹，一位是大升每天睡前都要听她讲故事的卢妈妈，菊姐感慨地说，缘分这个东西，真的很奇妙。她相信缘分，相信所有美好的事，越来越多的关心、爱护，让她不再觉得生活只是一堆干不完的活。

在泰北的日子，菊姐一家就像是我的家人一样亲切、温暖。村里的华文学校每天从下午五点开始上课，七点放学。在学校吃过晚饭后，我除了到菊姐家陪大钧写作业外，还喜欢在她家看电视，因为那台电视播放的全是中国的卫视。拖鞋进门，席地而坐，看着《快乐大本营》，谁能想到这是在异国他乡呢。她喜欢看中国的电视剧和节目，因此中文也讲得比别人好。她尤其爱看贵州卫视的《非常完美》，像个憧憬爱情的小姑娘。村里的大人中除了几个老师，也只有她能跟我们正常交流。因为校长的家位于另外一个村里，老师的日常生活，若有什么问题，就交给了菊姐。如果是别人，也许会说：为什么有事来找我，又不关我的事。而菊姐认为，这些义教老师千里迢迢从中国来到这里，是为了这里的孩子，若是老师们在生活中有什么需要，她都会尽力帮忙。她教过一个受了委屈的老师怎么"对付"调皮的学生，还在厨娘有事的时候义务帮我们做饭，有老师生病的时候，也是她，给予我们无微不至的关心和照顾。记得那时学校上课已经到了最后一周的复习周，偏偏这时我感冒了。到了第三天，喉咙严重沙哑，完全说不出话。没人代课，上课时只好把复习重点写在黑板上，有什么问题也只能通过粉笔和黑板来交流。正当我在黑板上写字时，听到菊姐在门口轻轻地叫我："林老师，林老师。"我走过去，菊姐递过来一片西瓜霜，然后说："生姜汤给你煮好了放在你的桌上了喽。"我看着她，一阵温暖，她笑了笑，又回到了自己的零食摊。晚上，她又给了我一瓶枇杷膏。中药西药，双管齐下，慢慢地，我的声音一天天回来了。菊姐说，每个人都是有感情的，你对我好，我要对你更好，人与人之间应该真诚相待。

电视上播放着电视剧，而声音却是来自某个电台的音乐调频。我们躺在席子上，享受着好听的音乐，聊着聊着，就变成了她的"故事汇"。等到她眼圈红了的时候，我早就泪流成河。只觉得她的生活，听起来就够悲苦了，何况是一个人真真实实地一路扛过来。后来，菊姐就笑我：也是一个心软的人呀。我笑不出来，不是我心软，是她太坚强了。残酷的生活并没有使她一味抱怨，或许抱怨也是应该的事，但她知道抱怨也无济于事，为了自己和孩子，倒不如顺其自然，过好一天是一天。

那天，我们都哭了，说的人哽咽，听的人泪流，而当她看到我泪如泉涌的时候，她却笑了。我知道，她走过来了。世间悲伤的故事此起彼未伏，却难见这般依旧淳朴、善良、真诚而又相信美好的人。我甚至不觉得她还会有什么苦痛，因为迎面而来的，总是笑。

小小的就是美好的

　　在泰国的北部，有一个被称为"小清新圣地"的小镇，叫作 Pai，中文称为拜县。它不像古香古色的丽江，不像市井朴素的大理，不像婉约优雅的西塘，又不像厦门鼓浪屿那样的小资情调。但小镇上花草环绕的木屋、纵横交错的电线、热闹拥挤的夜市、清晰浪漫的 coffee in love，又使它活泼得像个变幻莫测的精灵，既像丽江、大理，又像西塘、鼓浪屿，小小的，十分清新可爱。因为在这一年多的旅行中，常被朋友称为小清新，故而理所当然地觉得自己和这个地方有着莫大的联系，非去不可。

　　从清迈搭上一辆小小的客车，一趟车不过容纳十来个人。山路十八弯，三个小时的车程无时无刻不在转弯向上，一向不晕车的人经过这一路，也要晕眩得不敢抬起头。看着窗外景致一点点从亮堂堂到黑暗中亮起了车灯，身体早已疲惫不堪。终于，路变得平坦了，远处出现零星的几间小屋，温暖的灯光从小屋透出来，我们知道，离拜县不远了。

　　夜里的拜县小镇是缩小版的清迈夜市，丰富精巧的小玩意儿，总能让路过的游客停下来把玩一番，东西倒是不贵，可是不自觉越买越多，怎么买都不过瘾。本来就不喜逛街，又怕花钱，我和同行的两个义教老师分道扬镳，她们继续逛，我回到旅舍用带来的电脑看《爱情公寓》。

第二天早早起来，一个人去街上走走，若是再晚一些，恐怕又是人来人往，除了在人群中穿梭，什么也看不到。清晨的拜县和夜里看到的迥然不同，那些层层叠叠的吆喝声没有了，两旁的商店安静地流转这一天的开始。甚至大部分的小店尚未开门，看不到它琳琅的商品，却看到了朴素简单、低矮可爱的木房子。房子边有高大的树木，有精心摆放的盆栽，还有锦簇花团从屋檐上垂下来，像自然而下的溪水。各式各样的招牌竖立在街边，杂乱却不乏美感。一切都在以最自然的状态随意生长。

这时太阳刚刚升起，照亮原本就娇小的小镇，每一个角落均无处可遁，人影、车影、树影交错着映在地上、木屋上。清晨短暂的清凉在阳光下蒸发殆尽，而我们这一天真正的游玩却才刚刚开始。

走出小镇，回到来时的公路上，穿着拖鞋的双脚就这样暴露在阳光下，不知还要走上多久的路，才能到达别人说的那些景点，那些才是拜县小清新之名的由来。身边一辆又一辆的电动摩托飞驰而过，看着真是羡慕万分。我们三人都不会骑电动车，想租车也不行，只能瞎子摸象，暴走一通。路上遍野的大树木小花草，看那卖水果的简易草棚里，简直就是用西瓜铺就了一条凹凸有致的奢华绿地毯，那零星的几家小卖部竟是种的盆栽比商品还要多，挂在房梁上的，横在房檐边的。原本就是用树木垂直交错撑起的房屋，像是集合了许多圆滚滚的 T 台，任由这些吊起来的盆景摇曳风姿，而地上随意一个木桩或是石头，都被当作一个个展示台。这一处茂盛的小森林只适合小动物上蹿下跳，人要是进去，就算侧身弯腰也要惊动了这片宁静。

小小的拜县，尽是这样不起眼的美好，没有一眼就震惊的壮观，也少有一眼就惊呼的漂亮，那些店内、路旁、屋上、房下不经意的一捏一造，自然不造作，就这样被细心的路人看在眼里。而我们，还是要继续前往那传说中的"coffee in love"。

"阿秋姐，好累啊，我都想回去了。"一个姑娘说。

"哎，累死了。"另一个也附和道。

"坚持，都走到这儿了，怎么说也要到那个'coffee in love'喝一杯咖啡吧。"我说。其实根本就不知道那里是不是真的有咖啡馆。

终于在路旁看到了写着"coffee in love"的路牌，这一路上，正是因为想找路牌来指路都难，便觉得路途漫漫无期。沿着坡一直向上，转个弯立刻变成平坦大道，简直就是翻了一座山。这时，传说中的黄房子就在眼前，宽阔的视野让我们不禁兴奋起来。看着眼前在网络上看到过无数遍的"黄房子"，就好像做梦一般。黄房子四面都是窗，每一扇窗都像一个小房子，房子四周花树环绕，一辆白色的自行车停在白色的篱笆路口，一条路径直向下，延伸到一大片广阔的花丛草场。这是童话故事里那小公主的家吧，凡尘俗子如何靠近，都那么格格不入。

我惊喜地望着那幢黄房子，盯着不放，好像要把它看进脑袋里，看进骨子里，可是它还是立在我眼前，一步也没有接近。那两个姑娘迫不及待要去看看是否有咖啡馆，在远处呼喊我快点跟上。我终究还是个凡尘俗子，终是入不了这般童话梦幻之境。

从黄房子继续沿着公路往前走，就是咖啡馆了。咖啡馆借此地之名和尚佳的观景位置吸引来不少游客，咖啡的价格和其他地方相比，也翻了一倍。坐下来，喝杯咖啡，再看看眼前稀稀疏疏的小树林、远处绵延开来的山峦，心旷神怡。两个姑娘决定喝完咖啡就返回旅舍休息，下一个景点离这里还有多远，我们谁都不知道。这一路好像除了我们，没有别人在用双脚丈量，真是佩服傻里傻气的我们仨儿。虽然这一天仅仅来到这样一个小小的景点，但是美好的事物并不会因为它小而少了多少。我们再一次分开旅行，各自随心而去。

离开咖啡馆出来，才发现人们把花种到了屋顶上，像给房子戴上了一顶花编帽子。就连厕所，都像一个藏在森林里的小花房。沿着黄房子旁的小路下去，几个花工正在整齐地摆放即将要种下的花朵，红的黄的蓝的紫的，玫瑰菊花薰衣草，满眼芬芳，似乎就等着房子里的小公主穿着花裙子来到花间玩耍。花圃里立着一个大大的张开双臂的稻草人，稻草人身后是一个小木马，它们一定都是小公主最好的玩伴。小路两旁不经意出现的纯白色长椅，让人随时随地都能将一处风景收进梦里，一觉醒来，不知自身是客，又是忘乎所以，以为春光乍泄。

只是这样一个小小的地方，只是这样一处世外桃源，已是一晌贪欢。这样精心的装扮，不应该只是人们眼中掠过的风景。

一辆旅游车开来，车上的人蜂拥而下，满脸欢喜，可是导游却不应景地来一句"十分钟后上车"，我望向人群瞠眼咋舌，十分钟？——好吧，足够拍几张照片了。几个穿着花裙子、戴着宽宽编织帽的少女跑向黄房子，跑向花丛，和美景共成一色，令人看呆了眼。这才发现自己为什么总感觉是误入佳境，原来是因为自己那如粽子一般的包裹一身，如何比得上她们花仙子一般的精心打扮。

返回小镇途中，搭不到顺风车，又是顶着大太阳一步一个脚印徒步回去。路过小卖部，进去买了瓶水，贪心地坐在门口看着草木房子里的那些小巧而丰富的各种植物，喝完了半瓶，继续拖着拖鞋啪啪上路。小镇上永远不乏新鲜的面孔，因为总有络绎不绝的游客在那小客车里钻进钻出。

终于知道为什么开往拜县的客车那么小了，大概是为了能开进这座小而美好的小清新朝圣之地来吧。

老师，我也是个好学生

今年的 1 月 15 日，我在健群中学开始了第一堂课，3 月 15 日，毕业班正式开始考试。不过两个月的时间，可是却像过了好长好长的时间，收获远远超过了所付出的时间。而亲爱的同学们，我却还没来得及好好了解你们。好可惜，总觉得如果时间再多一些，我会教得更好。

3 月 15 日，第一科国文考试结束，我抱着考卷回到办公室，小心翼翼地把它们放在桌上。十几份试卷，竟舍不得批改，生怕与学生的这最后一次连接从此要断掉，可是却早已迫不及待要开始享受这场穿梭文字之旅，真是矛盾。

国文基础知识题的正确答案都在脑中，不用五分钟就能改完，而最后一道作文题，因为自己的私心，想更多地了解他们，便故意把正常来说的一篇作文自作主张设置成三个小小的问答题，可是能语句通顺地写下来的依然没有几个。一张卷子，前后翻来覆去，原本只需十分钟就能改完的试卷，半个小时过去，仍是舍不得放下。那些简单得没有逻辑的话语，偏偏我都知道他们想要表达的是什么，而那笨拙的一字一句，却实实地敲打着我的心。

"我虽然成绩不好，但是也是好学生，《大学》是好的。"这是一个叫小强的学生在作文中写的关于自己这学期的进步。这句话总使我想起他那张腼腆又傻气的笑脸，还有那颗诚实又胆小的心。原来他并不是一个无所谓自己成绩的学生，他也在意自己哪些科目学得好、哪些学得不好。"开学的时候，在来学校的路上，每次都想这次要好好学习，可是来了学校，看见别人玩，我也玩，然后又不好了。"我似乎感受到了他在写下这些时心中的懊恼和不解。那个常常想要好好学习、慢慢进步的他，却始终是心有余却力不足。当我想到一个想要努力却不敢开口问老师的他，便又更加地心疼，回想起课堂上他看着黑板的眼神，疑惑又急切，突然觉得好惭愧，为什么自己不能主动给他多一些的关注和帮助呢？

在作文的评语里，我写道："在老师看来，你是一个好学生。"这并不是纯粹的鼓励，而是在我心里，确实如此。并不是成绩不好就是坏学生，并不是成绩不好老师就不会喜欢，我相信不是所有老师都只看分数，来判断一个学生的好与差。而善良纯真的他，值得拥有更大的自信，去做他原本不敢、不相信自己可以完成的事。

两天的考试，像是在学生们的催促中结束的，他们好像总是有比学习更重要的事情要去完成。一份简单的试卷，成绩稍好的同学早早地就写完交上来，而对于成绩较差的同学来说，难易看起来总之都是难，大笔一挥，挥不到的地方也就算了。而令人惊讶的是，那个上课时喜欢望着窗外发呆的茶根升，居然耐心地坐到最后，虽然那卷子依然是寥寥无几的几个字。莫非，他看着卷子时，整个人都在放空吗？

监考的时候，每次走到他身旁，看到的都是原封不动的试卷。题目看不懂也不问，不会做也没有任何反应，不像其他同学，总是像老师们投来求助的目光和怯生生的想要作弊的眼神。看着他安静地坐在座位上，却什么也不写，反而是每个老师都要走过去，焦急地想跟他提示些什么，可他反而不领情。

"这个选择题 ABCD，你怎么不做呢？随便选一个嘛。"我着急地说。

"等下快交卷时会做的。"他"嘿嘿嘿"笑笑，有些害羞。真是皇上不急太监急，难道整张卷子就准备在最后一刻做一道选择题吗？

果然过了一会儿再走过来，选择题还是空着。

"你的选择题怎么还不选啊，ABCD 嘛，不懂就随便选一个，可能还会得分，什么都不写，什么分都得不到。"我又重复了一次刚刚的话。"还有这个作文，怎么不写呢？自己这学期有什么进步，比如你哪一科学得好了、交了新朋友了，都可以写的。"着急得我近乎在帮着他作弊，可惜他还是无动于衷。我又想：难道是作文题目看不懂，又不好意思问？于是我固执地站在一旁，把作文的三个小题目又逐一念了一遍，还用大白话解释了一下，就只差要用泰语翻译给他听了。

终于皇天不负有心人，他"嘿嘿嘿"笑着，然后拿出了草稿纸。哎，这孩子，都什么时候了，还打草稿。好像决定了这份卷子就做好这题似的，平时戴上头盔，骑上摩托车的霸气哪里去了，怎么到了考场就蔫了呢？

不过，看到他终于动起笔来，一副专心致志的样子，在草稿纸上认真写着，心里还是很感动。也许是因为对汉字的认识和理解程度有限，一张试卷放在面前就好像对着一个一无所知的陌生人。终于在试卷上找到了落脚点的他，就像是一个婴儿终于在啼哭之后安静地睡着了，让人想摸摸他的头再点点自己的头。这次，我终于满意地走开了。

两个小时的时间里，他是怎么在能做的题目极少的情况下，安静地一直坐到最后的，实在让我好奇这是什么耐力。不过，与其说他是坚持到最后，不如说是享受着某种放空到最后。因为他依然时常发呆，不管是教室还是考场，好像时刻在憧憬着一个美好的远方。

试卷交上来，空着的地方还是占了大多数。最后的三小题学期报告也只写了最后一个小问题"最大的梦想是什么？为什么"。不过我并没有生气，也没有无奈，因为知道他已用了心、尽了力，那张遮遮掩掩的草稿看在眼里，记在心里。写在空白处左边的短短几行字，工工整整，居然仅有两三个错别字，还算写得通顺，表达得也十分真心真诚。一遍又一遍，我读了又读。

我未来的梦想是做老师

我毕业后要去好的学校学习

也要去上高中我也去读高中

毕业我就会做一个好老师

也想要去村子里做老师

早上我就会去做田做地

也会照顾父母亲们

没有标点，一句一行，乍一看像首诗。字句没有涂改，是认真打过草稿的。就是这样，我已一百二十分地满意了。

可是，你要怎么读高中，不是已经打算初中毕业了就去曼谷打工吗？为什么梦想会是老师，你居然会这样想，敢这样写。最后憧憬的生活真像陶渊明的"采菊东篱下，悠然见南山"，难道你每天望着窗外想着的并非远方，而是永远地留下来吗……我在心里自问自答，似乎不用去问他，就已知道答案。淡淡的梦，就慢慢地走下去吧！

我在试卷旁简单地写下一句鼓励的话，多写只是为难他费尽猜测罢了，不如当面说来得简单。那些看不懂、不会写的汉字从他嘴里说出来，真是没有停歇，加上他的眉飞色舞，句子也要活蹦乱跳起来。

跨上摩托车，"轰"的一声开走了，和课堂上那个害羞得不敢抬头的他判若两人。一头竖得高高的头发，左耳扎着一个大大的耳钉，一副痞痞的好似不良少年的样子，却从不捣蛋。我倒是希望他弄出点动静，否则和这一身个性的装扮真是格格不入。而他始终如他的名字"茶根升"一样，拥有一颗善良淳朴的心。

人人都有梦想，有人想当导游，有人想当舞蹈老师，而意外的是，大部分同学的梦想居然都是当一名老师。或许是义教老师们的影响，又或许是他们知道自己走不出这村子，而在村子里，唯有老师这份职业，才是一份体面而受人尊敬吧。

批改到班长阿宝的试卷，不愧是老师们公认的学习最认真的一个。基础知识部分差点全对，翻到作文，也是满满当当，表达逻辑最清晰的一个。可是人人都有的梦想，他竟然潇洒地来一句"此生无梦……"。本以为他的梦想会比其他人更加远大，不曾料到他还是害怕了，尽管眼前的机会比谁都来得大，他却在退缩，竟没有自信到连梦想都不敢想，不禁让人心痛。

因为我不曾遇到过这样一个男孩，那样懂事，让校长和老师们都称赞不已。当其他同学都没有完成作业时，他工工整整地写好。听写完词语，交上来的作业本，千篇一律地丢东少西，翻到他的，又是一字不落，清晰完整，令人竟是感动。当有人在想着偷懒旷课的时候，有人在课堂上大声说话的时候，他依然沉默不语，看起来却像个不合群的少年。而他那不合群的沉默是为了不给义教的老师再添麻烦，有时还能从老师的角度去思考，对我淡淡一笑，表示同情和理解。

"为什么说此生无梦，你不是一直想去中国吗？"我去问他。他低着头，不好意思地笑了笑，支支吾吾不知道要如何回答。

"是啊，我是想去中国。可是，老师，我想我应该是去不了了吧。还是不要做梦了。"他说出了心里话。

"校长不是在帮你问了吗？还有薛老师，不是也答应要资助你了吗？你只要做好准备就可以了。"我说。

"老师，我也想啊。可是……心里太乱了。"他叹了口气，说不清道不明。

他担心家里会有事，担心给那些为了让他能到中国读书而努力的人带来麻烦，担心这件事也许不会实现。那么多的压力让他不敢抱有梦想，与其到时候失望，不如现在就不抱希望。而他的好成绩，反而掩盖住了自己的自卑，别人自然而然地认为，受到老师喜爱的他，一定没有什么烦恼吧。而他其实也在试着证明：老师，我也是个好学生。

这些外表看起来无忧无虑的少年们，内心却是这样脆弱，他们每个人都希望得到别人的关注，却又没有信心。沉默寡言的同学大多不会引起老师的注意，坐在角落，干脆日复一日，一声不吭。而成绩不太好的同学会认为老师只会喜欢成绩好的同学，才不会去管他，心里有什么问题，也觉得没有问的必要。若是这时我们能走到他身边，给他一支粉笔轻轻地说"你上去做这道题吧"，即使你知道他也许不会做，但是却能让他感受到自己"被看到"了。

一个同学在作文里写说：觉得这个学期有进步，因为老师都有叫我的名字，叫我去黑板上做题目，我上课也有认真听……我笑了，仿佛从字里行间就能看到他们飞扬的笑脸、开朗的心情。不管有梦无梦，大梦还是小梦，不管分数高低，活跃还是沉默，我都看见了，也只想让你们知道，不要失落，有人会看见，很多人都会看见。

你们都是好学生，我知道，我们都知道。所以不要放弃自己，要相信，你的梦也有实现的可能。

第七章
参差多态的美丽世界

没有相同的路，只有不同的人。

我相信，来到这个世界的每一个孩子，

都是颜色不一样的烟火。

我们要做的，只是，做好自己。

参差多态 幸福本源

2013 年 2 月末，春天来临之前，我第五次踏上鼓浪屿，曾经爱它成痴，也梦想过在这个岛上生活，两个月的时间，足矣。如今，居然成真了。未来的两个月，我将栖息在这里，在一家名叫"时间海"的家庭旅馆工作。曾经为了节省旅途的费用，到青旅当过几次义工，没想到竟积累了应聘前台的"工作经验"。有人问：是什么机缘让你接触到这个圈子的？答：旅行吧。其实哪有什么机缘。

时隔一年，再来这里，只见人潮涌动，烧烤摊烟雾弥漫，男男女女们不顾形象地在大街上吃着串串，竟顾不得脚下的路。小街上的垃圾桶越来越多，却越来越装不下丢弃频率以秒来计的一次性盒子。而我，早已忘了当初自己为何成痴，只是抛开人群，竟也发现了一个安静的鼓浪屿，再次痴迷。图书馆、新华书店、音乐厅、夜晚的海边公路，成了这座小岛上最吸引我的地方。

愚人节那天，我像往常一样，吃完了晚饭，直奔图书馆。晚上音乐厅有一场家庭音乐会，我准备在图书馆看上一两个小时的杂志，等到音乐会要开始时，再转移到距离图书馆不到两百米的音乐厅。

走进音乐厅的时候，里面满满都是人，比往常热闹了许多。我在后排随便找个座位坐下，不去干扰别人的视线，不去浪费音乐的时间。对于我来说，台上的音乐家们并不陌生，"大家庭音乐会"之前也听过一次，是把中国古典乐器和西洋乐器相结合，奏出现代交响乐，它像一种宽广的胸怀，也像一个有容乃大的世界。

一个身材微胖的男主持人拿着文件夹式的稿子主持着今晚的音乐会，很熟悉却又不相识。蹩脚的普通话，典型的福建人口音，听来觉得有些滑稽。看过这里的几场音乐会，似乎整场演出除了一个宽敞简单的舞台、丰富的乐器和演奏的人之外，从不需要舞美设计和其他互动环节，甚至连主持人都显得不那么重要。有时是一个穿着晚礼服的美女主持，而有时却是演奏者自己报幕自己表演。那么今晚呢？是一个客串主持的幽默大叔。这时，钢琴独奏已经缓缓上演了，不知道弹的是什么曲子，只是目不转睛地盯着表演者跳动着的十个细长的手指，像十个会跳舞的小精灵。是轻盈活泼的芭蕾舞，是热情奔放的民族舞，又是舞池中众人狂欢的交际舞。有时排排踮起脚尖，有时又挥舞着长袖，有时又各自交叉转换位置，惹得裙摆跟着旋转起来。光看手指跳舞就入了迷，羡慕不已。

那位不像主持人的微胖男主持依然认真并且负责地一次次出场，站在舞台的一角，拿着稿子把报幕词完整地念完。这时我发现，他在每次念完稿子退场之前，都会向观众鞠躬九十度。九十度，因为些许矮小而微胖的身材，显得格外明显，又是一阵感动。我想，我也许理解错了，他就是今晚的主持人，在这里做着一场真诚的主持。

不知道什么时候，隐隐约约，一个乍听起来有些格格不入的声音响起，原来那是长号在说话。我不禁一阵欣喜，突然泪湿了眼眶。那种声音像我们嘟着嘴用力吹气时，嘴唇不停颤动而发出的"嘟嘟"声，它的发声像美声表演者在演唱时，明明嘴巴已经唱出了口型，歌声才姗姗来迟，以至于我总在担心那位表演家会不会比别人慢一拍。

自顾自地吹起的长号，比起声音清脆的钢琴、扬琴、笛子，显得缓慢而突兀。它就像《皇帝的新衣》里面的那个小孩，当所有人一致认为皇帝的新衣很漂亮时，只有他，一个天真、不和谐的孩子，揭穿了所有人的谎言。和谐不一定就是美，就是真实，允许不和谐，是不是更值得人们去思考。而我，就是被那一声声"不和谐"的长号所感动，被音乐里的宽容和包容所感动。在音乐的世界里，没有不和谐的抛弃，只有彼此融合后的交响。长号不仅可以与其他乐器合二为一，甚而被放在最前头，引领一支曲子的盛开。我喜欢这样的大家庭音乐会，磅礴、震撼、温暖、动人，它不是正好印证了"参差多态，乃幸福本源"这句话了吗？

交响曲的最后一个音符缓缓落下，全场掌声雷动。我突然想到刚刚在图书馆看到的那本《城市画报》的卷首语——《被无趣和被愚蠢》，文中写道："为何我们的生活如此雷同？因为社会不支持更多形态的消费选择。为什么我们的产品缺乏美学？因为大部分的消费者没有更多的余裕去为此埋单。"也许我们会理直气壮地说，是啊，社会不支持，我们只能雷同，工资就那么些，谈什么美学。也许你还没有发现，不知不觉中，我们已经被改变、被操控、被接受，却自以为理所应当。试问，当有一天，你的工资涨了很多，人均国民收入也普遍上升，你觉得会有多少人还会去挽救那隐而不见的无趣和愚蠢吗？还是继续供第二套房，继续再买一套昂贵的衣服。也许真的就如那篇文章里所写的：我们的恐惧太多了，却唯独来不及恐惧无趣和愚蠢。今天来到这里倾听音乐会的人，他们并不一定都是高雅的人，但至少不会庸俗，也并不需要是一个拥有很高收入的人，因为这里的音乐会是免费的，我们不能改变世界，但至少需要依靠舞台上的这些人，以这样的方式，在这样的氛围下，证明我们还没有被社会完全驯化。不管是喧闹的岛上安静的图书馆，或是亮丽舞台上并非完美的主持人，还是清脆高昂的乐声中低沉羞涩的长号，都是应该受到更多尊重和欣赏的，"美中不足"、"参差不齐"，都是值得我们去宽容并且品味的幸福。

"参差多态乃是幸福的本源"，这是著名的哲学家罗素先生的一句名言，曾被王小波听到了，告诉了王森，王森听到了，又告诉了我。一种思想不能阻碍另一种思想的诞生，一种音乐形式不能阻止另一种音乐形式的独领风骚。总有那么多随波逐流的人云亦云，却少见坚持己见的云淡风轻，于是又有多少人做了沉默的大多数。曾经那些高喊自由却不得的人，如今最可悲的不是没有自由，而是当有一天真正赋予我们自由了，我们却飞不起来，甚至不是飞不起来，而是你已经不想飞了。这个和谐的世界，没有谁会比谁更幸福。

看，舞台前排中央演奏扬琴的那位老先生，他正慢慢站起来，轻轻张开双臂，带领所有的演奏者向观众鞠躬。和蔼可亲的面容，慈祥温暖的笑容，就是那一刻我对于宽容的理解。我想，难道我们不应该向这些无私奉献的公益艺术家鞠上一躬吗？

最后，那位主持人又出来报幕了："下一首歌《鼓浪屿之波》，伴唱者……我。"说完又是谦虚的鞠躬,现场一片笑声。原来他就是上次音乐会唱《鼓浪屿之波》的那位演唱者呀,怪不得觉得有些面熟。

音乐再次响起,同样的一首歌,而这一次,我记住了他。

"奇怪"的口袋

　　旅行，可以让人结识很多朋友，可是能见到面的，却寥寥无几，但这并不妨碍我们彼此相识。有时两个人在网上从"你好"开始，就能展开话题，约定要在哪里见面。比如来自郑州的小吉子，我们约在泸沽湖；比如来自杭州的瓶子，我们约在大理，还有来自广东的简爱，我们约在哈尔滨。而我和口袋，约在了鼓浪屿。那天，我们用两句话，便好像隔着电脑屏幕握手微笑，算是认识了彼此。

　　@绿光的口袋巫：今天下午来了，没找到。

　　@林枫子：下午来，我带你去，哈哈。

　　认识口袋是在微博上，那时我正在鼓浪屿上一家家庭旅馆当前台。某一天，出门闲逛，偶然经过一家叫作香草小铺的馅饼店，小店没有门，开着一扇窗，精致可爱，浓浓的香味从里面飘出来，弥漫在路上。我拿出相机拍下这家铺子，随后发到微博上。过了几天，这条微博恰好被一个叫作"绿光的口袋巫"的陌生博友看到，便有了这简单的一句一语。

　　她推荐我去一家叫作 TD 唱片的地方听音乐会，又说：要不下次我们邀约上贝壳他们一起去。我心想，真是一个奇怪的人，她居然知道我会去听音乐会，而且说起她的几个朋友"贝壳他们"，并不与我解释他们是谁，似乎我已经和他们很熟悉一样。我喜欢她把"我和你"叫作"我们"，喜欢她不需要向我介绍她的朋友，理所当然地认为我们应当彼此认识。过了不久，她得空了，再来鼓浪屿时，真的在微博上找我，她还记得并且相信，岛上还有一个没有见过面的朋友。

那天，她来鼓浪屿找朋友吃晚餐，我刚好在旅舍做饭，来不及赴约。一会儿，她发来短信说，在一家叫作"糖猫"的店里给我留了一袋牛轧糖，有空的时候去拿。我赶紧问她出岛了没，她说还在，于是我们约在岛上一处热闹的小广场，第一次见面。我先到了约定的地方，在旁边的一张椅子上坐着等。突然身后有人叫了一声"枫子"，十分欢乐的声音，好像我是她意外重逢的故友。我转过身，一个女生，背着双肩包，平刘海，看起来和我一般年纪，笑得像个孩子，蹦跳着过来和我拥抱。她并不是热情，而是给人一种亲切又温暖的感觉。旁边站着一个男生，是她的同伴，有些不苟言笑，或者说微笑时腼腆得仅仅翘起一边嘴角。我猜想，他们要么是很好的朋友，要么就是一对情侣。

广场旁边有几家酒吧，她说要不要去酒吧边吃东西边聊，我说好。我们坐在酒吧的阳台上，从栏杆望下去刚好可以看到刚刚见面时我坐着的那张木椅。我和她坐在一排，男孩坐在对面。服务员递上来酒水单，她看了会儿，突然指着一处惊喜地对男孩说："哎，有一款叫'绿光'的呀，要不就点这个试试看。"我以为她喜欢孙燕姿，才会对"绿光"这么敏感，后来才知道她和四个朋友在厦门岛内开的一家绘本馆，就叫作"绿光绘本生活馆"。而这五个老板自称是绿光里的五个女巫，分管着店里不同的事务。美食巫、百变巫、故事巫、享乐巫，还有她，口袋巫。我听得津津有味，厦门竟有这样守护孩子童心的绘本店，非得去看看不可。

对面的男孩依然没有多说什么，只是静静地听我们聊。从刚刚见面到现在，我们三个还没有正式自我介绍过，好像原本就应当认识一样。这时，她说："对了，给你们介绍下，这是枫子，这是我师兄。""师兄？"我想到了《西游记》。她笑着解释说："是呀，我们是慈济书轩的义工，义工之间不管年龄大小，都是称男生为师兄，称女生为师姐，所以他是我师兄，我是他师姐。"说完又想起什么，从包里翻出一张书签递给我，我接过来一看，才知道她说的书轩全称叫"静思书轩"，是慈济基金设立的一个书院。而慈济，对我来说并不陌生，在泸沽湖时曾听一个女生提起过，那女生当时正在泸沽湖支教，也是慈济的一员。不过，那时的我以为慈济只是云南那儿一个小小的慈善组织，并没有在意。没想到，会在这里再次听到。而口袋也够奇怪，她似乎一点也没有想到也许我并不认识什么慈济、什么书轩，她理所当然地觉得那些都应该是我所熟悉的，说得人不懂也不好意思问。

口袋非常爱玩，旅游、音乐会、电影、公益活动、美食……没有她不喜欢的。兴许是觉得我也是个爱玩的人，所以见到我就像见到许久未见的玩伴。我说她活泼得像个小孩子，她哈哈大笑，轻描淡写说了一句让我吃惊不已的话。她说："我儿子还嫌弃我，我去他们学校参加活动，回来后他说'妈妈，你好幼稚，好丢人啊'。"她再次被儿子的话弄得哭笑不得，而我却惊讶地不敢相信刚刚听到的话，便故作淡定随口一问："你有儿子了啊?""是呀,他 13 岁了。"13 岁?她边说边打开手机,给我看她儿子的照片。依然是那种自然而然的语气,让我默默接受了在我眼前的这个孩子的确是另一个孩子的妈妈。有什么好奇怪的呢,我原本就应该知道的呀。

鼓浪屿晚上过了十二点就没有出岛的船,我们喝了饮料吃了小菜,算是聚会了。分开时,我对她说谢谢,因为她埋了单,可是她却说:"应该要谢谢你,陪我们玩。"我又被她自然而然的话懵住了,见怪不怪。回去时"糖猫"已经关门,只好第二天再去拿口袋留给我的牛轧糖。我说:"请问是不是有人在这里放了一包糖?"一个大叔过来,说:"是林枫子吧。"领了糖转身朝门口走,大叔在身后说:"再见,姑娘。"真是个活泼又时尚的大叔。我跟口袋说起这个有爱的大叔,她告诉我:心里有爱,处处是爱。

口袋有一辆自己的爱车,车里的音乐常常听得我不想下车。私车公用,朋友有求,必定要载一程,她还免费当司机,我也跟着蹭了几次去听小演出、喝茶吃肉。她经常很忙碌,忙着做自己喜欢的事,有时忙到晚睡又早起,做了这件事又来不及去那个地方。除了接送儿子上学、放学之外,她在家从来不用做家务,全交给了请来的一个阿姨。有人说她太幸福了,什么都不用做,却不知道她给家里请了个阿姨,自己反而和慈济的义工们一起去给村子里的孤独老人扫地,清洗沾着屎尿的裤子,做更脏、更累的活。她在慈济书轩,每周值班两次,有时要去外地做展览,有时要给贫困生发放助学金。这些事和旅行、音乐一样,甚而过之,让她感到充实。一颗干净而平和的心,是任何人都夺不去的。我不知道,她哪里来那么多的对人的真诚宽容，对这个世界的怜悯之爱，但我在心里默默希望，若是等我到了她那样的年纪，能像她一样保持一颗童心，怀有满满的爱心，就心满意足了。

今年冬天从哈尔滨回到厦门，找不到兼职，被她收留到绿光去，竟发现那个不爱讲话的男生到绿光来上班，口袋说他是被"抓"过来帮忙的，而一年前见到的前台女孩媛媛居然还在，现在是绿光的店长。有一天晚上，她开车经过绿光，抬了一箱从淘宝上淘到的几个好看的瓷杯、瓷碗，打算拿来种盆栽。她知道媛媛喜欢植物，就挑了几个给她，装在袋子里，还挺重的。她走后不久，打电话给我，说："枫子你下班方不方便和她坐一班车，顺便帮她一起把东西提到车上。""可以啊，刚好可以坐她的那一班。""太好了！特别不好意思给她那么重的东西，她那么瘦小，哈哈，不过你也很瘦小。"这奇怪的话说得我心疼起来，也不在意媛媛在旁边，说："哎呀，口袋你太客气了啦，你送东西给她，她高兴还来不及，怎么会是增加了负担呢。"一旁的媛媛听到了，也跟着我"哎呀"起来。我们都知道她奇怪，却不晓得奇怪到这样的地步了。

工作了二十多天，我电话告诉她，打算回家去。那天是周五，绿光晚上有观影会，来了十几个家长和孩子。她急匆匆跑来，黑暗中塞给我一把钱，我也不知道有多少，只想告诉她按劳发就好，就怕她多给，原本收留我就已是她的私心了。她说："你回去小心点，我还有事，车还在外面，要赶快走。"我说："谢谢。"她说："谢谢你到绿光来帮忙。"这就是她，一点也不奇怪。

想起了已作古的三毛。曾在鼓浪屿图书馆里看《送你一匹马》，看到其中一篇《野火烧不尽》，是写给她的学生。文中几句话，让人看了之后，痛哭不已。她写道：不要怪老师在文学课讲美术的画派，不要怪老师在散文课念诗，不要怪老师明明国外住了十六年，却一直强迫你们先看中国古典小说，也不要怪老师黑板写满又不能擦的时候，站在椅子上去写最上层黑板的空边，不要怪老师上课带录音机放音乐，不要怪老师把披风张开来说十分钟如何做一件经济又御寒的外衣，不要怪老师也穿着白袜子平底鞋和牛仔裤，不要怪老师在你的作业上全是红字，软硬兼施；不要不要请不要——

多爱这样的一个"奇怪"的老师啊，把课堂变成精彩的人生。她那样爱着学生，却一再让人"不要怪"，如何去怪、如何会怪，只有满满的爱。若我是那学生，要怪只怪老师毅然离去，走得太快。

她们的心是清澈的流水，柔软而宁静。待人只有尊重和宽容，从来不曾强迫，受了帮助必是千恩万谢，帮助了别人又是心怀感恩自己因此获得的快乐。在这个社会，她们不能算是正常的，那颗悲悯之心常让人吃惊到咋舌，不禁热泪盈眶。我相信，她们必是那心无纷争的神的孩子。

那天，和口袋去曾厝垵找一个朋友玩。到了村口，她喊着："快啊快啊。"狂奔着忍不住要冲进去似的。我跑不动，仍是慢悠悠走着，追不上她。我在想：天哪，这哪里是一个比我大 15 岁的人，我宁愿把她看作是一个长不大的孩子，一个我已经见怪不怪的"奇怪"姑娘。

好的习惯 才能习惯了就好

　　某一天出门上班，过天桥下阶梯时，因下雨天地滑不慎滑倒，一屁股坐到阶梯上，还往下滑了两个台阶。摔得突然，吓得叫出声来。好在也不太痛，用手掌撑着站起来，拿出纸巾擦擦裤子便继续上班去。只是看到一个男生从一旁经过，竟头也不转，面无表情，径直而上。既不惊吓也不好奇，好似不知道有人滑倒，甚至不知道旁边还有个人似的。一副刻意掩藏的无关他事，让我觉得奇怪。如今社会已经是老人摔倒无人敢扶，莫非连摔倒的姑娘也怕起来不成。人心冷漠不禁让人气愤又心寒，真是比撞地的屁股还要痛心。

　　上班时依然愤愤不平，便把早上摔倒的事告诉同事。

　　"没事吧？"她担心地问我。

　　"没事，没事。"我说。

　　"旁边有人吗？有人笑你吗？"她又笑着说。

　　我被她问得又笑又惊，难道现在的人们看到别人摔倒的第一反应是嘲笑吗？难道现在的人们摔倒之后首先感觉的不是疼痛，而是担心被人看到丢了面子吗？难道早上那个经过的男生是"好意"忍着不笑出来让我尴尬，才装作没事发生吗？难道当时的我应该感到丢脸然后站起来低着头逃开吗？

本以为她会和我一样为那路人的反应感到心寒，没想到一向天真活泼的她竟也问得一本正经，好似"摔倒"与"笑"真的已形成众人皆知的什么因果联系，让人不知该如何回答是好。倘若我担心的也是因此而丢脸的话，应该要庆幸地回答一句："有人，但是还好没有人笑，哈哈。"才合乎现下人之常情吧。也许她不过是说了一句玩笑话，玩笑了一回如今世风日下大多数人的常态，而我，不过是小题大做了。

看来以后走路还要多加小心了，摔了没人扶倒不碍事，一旦丢了脸面可是天大的事。看来若是在路上碰到摔倒的人，是老人的话定是速速逃开，姑娘的话，也要"善解人意"地走开了。从什么时候，人们的习惯发生了如此大的变化，我竟没有跟上。

同事听了我遇到的世态炎凉之事，想起自己昨天下班回家时在公车上遇到的好心人，相比之下，一脸陶醉。

"昨天在公交车上有个帅哥居然给我让座，还微笑地说'给你坐吧'，好感动啊。"她说。十分平常的让座，被她说得如同一件稀奇之事。

"哇。那男生还挺好。"我说。

"是啊！真是太感动了。"她再次赞叹道。

"淡定，习惯就好，正常的事情。人和人之间原本就应该是这样没有戒备的友好。只是很多人把习惯改变了，然后一个跟着一个，变成现在这样……"我有些激动，说得语无伦次。"其实你遇到的事才是这个世界上应该要经常发生的事。"

受了他人的帮助，我们是要心怀感恩，更要把这种恩惠施与更多的人。原本我们就应该习惯他人的善意，习惯对他人的善意。而现在不过是一点小小的恩，就让人庆幸得好似是因为自己这辈子修来了什么福气，便珍惜得像一个活了半辈子都不曾被爱或爱人的可怜人。不知道是幸还是不幸呢？"世界原本就是美好的"这种话，想来如今已经没有多少人愿意相信了吧，还不如一切的残酷现实来得理直气壮，至少换得了一句理所应当的"习惯就好"。

想想，我那同事也是天怜可见的，一个男生的不经意让座就让她好似千恩万谢都不能表达她的感动之情。其实大家都挺可怜的，不必互相同情，反正习惯就好。

一次，在回家的动车上，旁边座位上的男生在电话里用霞浦话和对方聊天，最后听到一句："早饭还没吃，现在饿得受不了了。"我听了便从包里拿出上车前刚买的一袋吐司递给他。

"你听得懂？"他惊讶地看了我一眼说。

"我在霞浦上过学，听懂一些。"我笑着用蹩脚的霞浦话说。

他不推迟，又不好意思接我手上的吐司，我就将整袋放在他前面的小桌板上，说："吃吧。"

"谢谢啊。"他低声地说。虽然依然有些不好意思，但许是太饿了就拿出一片吃了起来。

这时我突然不好意思起来，因为发现他没有带水，这样吃下去不是又干又噎吗？而我的水又不能分给他。

终于他站起来离开座位，然后拿了一瓶饮料回来。我看他有同伴在车上，说不定也是饿得不行的几个。

"要不要拿给你的朋友们吃？"我问。

"不用不用。"他说，被我一问反而要噎住了似的。

我又重新戴起耳机，看向窗外。本来就只是想给他吃的而已，并没有想说的话。

过了一会儿我转过头来一看，小桌板上他拿了一片剩下来的吐司还是纹丝不动。

"你再吃吧。真的没关系。"我说。

"吃了，饱了。"他笑着说，很满足的样子。

我想，一个饿得不行的人怎么可能吃了一片就能饱的，但也不再勉强。他是实在很饿才吃的，现在不那么饿就行了，怎么好意思真的填饱。果然等到快下车的时候，他也没有再多吃一片。我便自己拿出一片吃，其他又收进包里了。

我们在同一站下车，但下车后就各走各的，没有再次的感谢，没有多说什么话，原本就是不认识的陌生人。多么庆幸他没有推三阻四，因为饿了就吃乃人之常情。多么庆幸他没有对我千恩万谢，举手之劳也不过只是人之常情。更加庆幸，他没有怀疑我的好意，没有投来过分惊讶的神情。也许他还在不好意思刚刚平白无故吃了一个陌生女孩子的面包，而我却因为自己的面包偶然"救"了一个陌生人的肚子而感到快乐。若是我的援手也是理所应当，他的接受也是习惯就好，我们之间还无关乎施恩受惠，不过是像田径场上的接力棒，分享了爱，传递了美好而已。那我们的周围该是多么美好。

和朋友一起吃饭，说到这件在动车上遇到老乡还乱说霞浦话的事。刚刚说到"我拿出吐司"这几个字眼，她们便吃惊地说："你真是好人，我就不会这样做。"

过了一会儿，已经聊到别的话题了，她们又难以理解地说："我就不会这样做。"好像刚刚在脑海中模拟了一遍那样的场景，又再次来确定自己不会那样做。我没有问她们为什么，就像她们也没有问我一样。对于一个需要帮助，而且我们轻而易举就能完成的事情，好像没有什么理由不帮忙。而为什么不会这样做呢？因为陌生人吗？哪里有绝对的陌生，一个照面、一个微笑、一句话……都是一种连接，而且往往在举手之劳后，获得满足的却是自己。

犹记得西藏然乌那家便利店里的老板娘送的半包榨菜，虽然至今已经忘了当初为什么老板娘会给我们那半包榨菜，但那一瞬间受助于人的幸福感犹在。那时我和两个小伙伴在便利店门口的台阶上吃着泡面就着榨菜的画面，是西藏路上难忘的回忆。更别说搭车路上遇到的几十个好心司机，有的带我们行了一公里，有的穿越几十公里到下一个站点。这份对陌生人的信任和帮助，我们将转而回报给更多需要帮助的人。而这些难以再次相遇的好心人，便是搭车进藏路上最美的风景。

而当看到路上有人随地吐痰乱丢垃圾的时候，总是让我嗤之以鼻，又无可奈何。看到有些身强体健的人也来乞讨，想上前说点什么又觉不妥，又是无可奈何。看到人们明明目睹了一件不良的事，却连看客都懒得当了，看都不敢看，一副"事不关己高高挂起"的样子，让人心寒。也许有人又要理所当然地说"习惯就好",但我却庆幸自己还没有被驯化而"被习惯"。如果我们的心中还有一点点的正义,都应该用眼神、用语言,甚至是身体力行去控诉,而不是麻木得让那些人自以为在这片天地里逍遥自在。

谢谢一些人让我还不至于"习惯"一个"顾好自己就不错了"的社会,谢谢一些人让我还有机会去传递分享施在我身上的爱。那么美好的人、事、物我们不去习惯,竟软弱地卑躬屈膝于自己深恶痛绝的东西,岂不是违背了自己。从这个层面来看,我们都不过是这个要求人们"习惯就好"的腐败现象之下的傀儡,没有人能做成真正的自己。

若是未来我们在听到类似"这个司机真好,他等老人坐下了才开车"、"这个路人真好,如此热情地给人指路"、"这个少年真好,看他在扶老人过街"、"这个姑娘真好,懂得孝敬父母"、"你真好,给我这样的帮助"……的时候,也能微笑着对对方温暖地说一句"习惯就好",那份心情该是多么辽阔舒畅呀。因为此刻的"习惯就好"不是麻木,不是冷漠,不是去浇灭一颗热情如火的心,而是温暖,是相信,是一朵可以在他人心中盛开的花,是守护一个平凡人最善良的心。

这个世界很好,你习惯了就好。

去迷路 以及迷上这条路

"听说你一个人去旅行了很久……"常有朋友的朋友这样问我。

"是呀！"我很开心有人关心旅行这件事，被问到时虽然表面冷静，其实内心的小故事已经自动立正、向右看齐，等待这位新朋友说"说说你的故事吧"。可是，事实常常不是这样。

"你不怕吗？"

"……"

可是，当我问他们"怕什么"的时候，对方又支支吾吾，说不出个所以然来，总之就是"不安全"。其实不安全的原因无非是迷路、被偷、遇到坏人，而对于从来没丢东西，没什么可被偷，更没有遇到坏人的我来说，却不敢坚定地回答说"不怕"。因为我不能保证你的旅行不会迷路、不会被偷、不会遇到坏人，因为这世上原本就没有全是平坦的路，没有全是好人的世界，所以不是不害怕，而是生活就是如此，会迷茫、会受伤、要吃苦、要承受。而你现在所得到的安全不过是一种习惯，你所担心的不过是一件正常的事。不要害怕，沿着既定的路前行固然很安全，但是生活没有一帆风顺。没有迷途的旅行就像传送带上的集装箱，不过是批量生产。

第一次独自旅行，去了杭州、上海、南京、苏州，每到一个地方先买地图，学着看。也许你会怀疑沿着地图上的路走真的可以找到吗？没关系，走下去。当你看到眼前一条十字路口出现的一个路牌，和地图上写着一样的字样时，不用犹豫，大胆地拐个弯到那条也许是大街也许是小巷的路上，那种喜悦油然而生。在上海，我住在朋友公司的宿舍，那里离市区非常远，甚至觉得跟想象中的上海完全不沾边。每天不管去哪里，一定是公交、地铁、公交，至少三趟，才能到达。有时到站了还不一定能找到想去的地方，就算是看着地图也要迷失在众多交叉的路口。不过，幸好，还可以问路。

比起看地图，我更爱问路，乐此不疲。一张嘴用来做什么，不就是"问"吗？虽不是能说会道，但足够可以让你找到你想去的任何一个地方。"叔叔，请问××怎么走？"遇到一个眉目和善的路人，赶紧上前。"看到前面有个红绿灯了吗？左拐直走，到第二个路口，再右拐。"大叔慢慢地说着，也许还会手舞足蹈，生怕你听不明白。别听人说上海人排外就不敢说话，更无须诧异一个热心的指路人。有时你不敢问路，也许是因为没有人问过你，有时你不相信别人会那么热心，也许是因为自己本身没有那份热心。所以去习惯别人对你的好，就像去习惯对每个人都友好一样。走一步问一步，问一个再问一个，问一个谢一个，没有你到不了的地方。而在那之前，我的足迹范围不出福建省，去哪儿都跟着大部队，从来不去管东南西北。

去云南之前，我只知道要先坐火车到达丽江，再坐汽车才能到达泸沽湖。直到火车在大理站先停下时，才恍然大悟漫长的回头路必不可免，因为最先到达的大理站却被安排在了一系列计划的后面。可是弄拙成巧，我认识了同一时间同去泸沽湖的两位来自澳门的朋友，在格姆山下客栈迎来了成都的朋友，还和小吉子一行人去希望小学发礼物、玩游戏，不亦乐乎。因为不识路，我才能和大理客栈里的那些义工相识，结伴去西藏；因为不识路，我才会在那样的时间遇到那个喜欢的人；因为不识路，最后和大理结下了不解之缘。若是当初的我再次三思，走了那个"最适合"的路线，也许会有不一样的收获，但要我换走现在所有的回忆，断然不愿意。一趟旅程，"弯路"没少走，我左顾右盼，频频回头，除了担心，还有享受。

　　一个朋友来找我，坐了一个多小时的汽车。我查好公交线路，告诉她下了汽车之后只要坐三站就能到我这里了，但是公交车站离汽车站还有200米的距离，不过问问路人肯定可以找到的。过了一会儿，她打来电话说："我搭了一辆摩的了，是屏东是吗？"到了之后又说："你不是说很近吗？怎么打的还要30块，不过摩的就15块。"我气她白白浪费了钱，愤愤地说："搭公车还只要一块钱呢。"看她有些劳累，不忍多说，但还是忍不住："你居然连问路都不敢，真是……"她嘟着嘴无话可说，不是她不敢问，而是习惯了不远不近的路，打个的就到了。不用找公交站，不用等车，不怕坐错车坐过站，不用走弯路。

　　一条还不错的线路，一家还不错的旅舍，一家还不错的小店，一道还不错的小吃，你已经习惯了让别人来给你规划一场"安全"之旅了吗？坐上火车，你是不是就在等着到达目的地，找到那家别人推荐的旅舍，把行李一放，往床上一躺，接着寻着那家人人都叫好的店里，心甘情愿地排上很长时间的队，享受着那道必点的招牌菜，再发一条微博，这才觉得这趟旅程完整了，不错，挺安全。可要是刚上火车你就发现自己丢了钱包，或者到了旅舍发现并没有别人说的好，去了那家人人叫好的小店也不过如此，要是这一切都不在你的计划之内，怎么办，你是为迷路而烦恼，还是继续一如初始，迷上这条路？

小时候，有爸爸妈妈告诉你这个该做，那个不该做、上学时，有老师指引你这道题要这样做才是正确的，这条路这样走才是最快的。工作了，还有领导同事交给你一叠工作流程，告诉你按着步骤做就行了。我们就这样在别人的一路指引下，安心地前行。说喜亦是喜，还有捷径可走。说悲亦是悲，重复了多少别人的老路。当你的一生都走在被认为正确的指引下时，自然而然就会排斥一条不明方向的路，害怕一个不确定会发生什么的旅程。不是你没有勇气，而是那勇气被习惯困住了。是习惯，是安逸，让人变得浮躁。

去采访一个少年自学成才、如今已到古稀之年的画家。曾经师从大自然、师从传统文化的他，如今也毫不落后地师从时尚。没有人教他，生活便是最好的老师。他用手指在桌子上一边比画着一边说："科班出身的人从一个起点可以快速地走到终点，而一个自学的人也许要走上十条弯弯曲曲的路才找到最近的那一条，但是他却比前者多了解了另外的九条路，积累了更多的知识。"他说弯路不可怕，怕的是不能坚持，就此放弃。

你敢去迷路吗？在没有他人的指引下。你愿意坚持吗？在一条荒无人烟的小路上。你可以停下脚步，放下浮躁吗？把时间挥洒到沿途，而不是急于到达目的地。人生这条漫漫长路，你会就此迷上吗？

后记／说走就走！你敢吗

常常在一些有关旅行的书籍、微博、豆瓣上看到类似"身体和灵魂总有一个要在路上""在 25 岁之前，来一场说走就走的旅行"等文艺小清新的旅行宣言，这些"怂恿"无不让那些内心怀揣着"环游世界"梦想却按着节奏朝九晚五的小年轻们感慨万千：哎！其实我也有梦想，我也想去旅行，可是现实压迫，只能无奈把这些都放在心里。当第二天的太阳升起的时候，人们照样刷牙洗脸冲马桶，穿鞋挎包上公交，已忘了昨晚失眠的原因。这就是我们的生活。

中国人的生活离不开"传统"二字，我们就是这么理所应当、顺理成章成长起来的一代。小学初中高中大学、工作结婚生娃、退休养老死去，我想人生应该就是这样了，一步步向前迈进吧。当我第一次知道原来生活还可以有不一样的过法，我们并不是一定要按照这样的方式生活的时候，真的觉得太美好了。那些未知的人、事等待我去发现、认识，那些特立独行、与众不同的人生就像一道道色彩斑斓的光，让我欢喜得像个孩子。虽然这时候我已长大，可还是会想，为什么不可以再来一次童年，做自己想做的事。无关年龄，只是，因为美好。

2011 年年底，第一次出省，第一次旅行，一个人。有很多鼓励也有很多担心：义工？还有这种工作？不要被骗了呀。2012 年 8 月，因为不能如愿从事自己想做的工作，便如愿去了当时最想去的云南。越来越多的鼓励，越来越多的不解：真的要去吗？不工作了吗？不为未来做打算吗？2013 年春节过后，收不住心的我继续上路，不解的人们也开始慢慢接受了，而最初的鼓励变成了羡慕，也许她们一开始以为我在完成一件事，没想到最后会坚持成一种生活，一种大家都向往的生活，而不仅仅是到此一游。2014 年的春节，我在泰国，那是我从出生至今第一次在异乡过年。异国他乡，华人一角，浓浓的中国年味里藏着一种文化的坚持，一种传承的精神，很珍贵。泰国北部的大山里，大山里的华文学校，华文学校里的琅琅读书声，便是我这两个多月义教生活最大的意义。

有人说，你也在间隔年啊。我恍然大悟：原来我也加入了间隔年。实话说，我的旅行最初并不是为了赶上"间隔年"这场文艺"大趴"，也不是为了实现"环游世界"的梦想，而是因为没抓住一份原本信心满满的理想工作，便去找了一个比较美好的补偿方式——旅行。正是因为这一次工作上的"失败"，提前了心心念念的云南之行，让我义无反顾地开始了一段没有结束时间的旅行。我想，如果当时自己真的通过了实习，也许会在这个单位一直做下去，应该也会是一段很美好的"旅程"，但现在的我还是要感谢它，如果不是因为太爱它，我不会任性地拿"旅行"与之相衡，来安抚内心的失落。

这段旅程的开始，真的义无反顾吗？对于一个刚毕业的小姑娘来说，要去一个陌生的地方，没有工作，你的父母同意吗？答案当然是否定的，他们不同意，非常不理解。可是，他们并不像很多父母一样，听到子女要去旅行就疾言厉色，劈头盖脸一顿骂，而是先好言相劝，再默默听完我"真的很想很想去"的愿意，接着再劝，最后知道劝不动了就随我去了。很多朋友说"你爸妈真开明"，其实不然，至今他们都不明了我旅行的意义何在。而要说开明，不如说是父母对我的妥协和宽容，还有从小到大的"放任"。

我的父母一个小学毕业，一个一年级都没有读完，我们村子里这一辈的人大多都是这样。但是父母从来没有把自己没有实现的愿望挂在嘴边，压在我们的身上，从来没有希望我们成为他们心目中什么样的人。回忆中，他们从来不会过问：今天上了什么课，学了什么，交了什么朋友，考试考了多少分。也不会对我人生重要时刻例如升学、恋爱等方面作决定，一次也没有。连毕业不工作跑去旅行这种不靠谱的事情，父亲最后一句都是：那看你自己吧。我很爱他们，他们从做人做事的态度上影响了我一生，而不是在作业本上抓着一个错误来指责一个孩子的智商。我很爱他们，给我们三兄妹创造了一个严格又幽默的家庭环境，让我们很自由地成长起来。更爱他们的是，这辈子来做我的爸爸妈妈，让我可以这么幸福。虽然我的哥哥妹妹们有时对我这样的状态也会忍不住委婉地指责我不孝顺父母，可是三毛说"孝而不顺"，我想大概就是这样。

总而言之，在旅行中，我渐渐爱上了这样的生活方式。旅行赋予我越来越多意外的惊喜，任是妈妈怎么喊我，我都赖着不走了。

旅行之于我的意义，是生活在别处。因为太依恋于走走停停中的那个"停"，才渴望不停地"走"。停在一个完全陌生的高楼大厦、街头小巷，与无数个完全陌生的人擦肩而过，看不同的城市风景、人文风貌，感受不同的市井喧嚣、匆忙慵懒，不同的阳光照射、昼夜长短，不同的乡音也好，噪声也罢，让我吸一口新的空气，再活一次。去走吧，直到累了的时候；停下来，直到够了的时候。

旅行之于我的意义，是听到更多动人的故事。有轰轰烈烈的精彩，也有平平凡凡的感动，有实现梦想的坚定，也有丢失方向的迷茫。我喜欢从他们口里说出的话以及说话时的眼神，我喜欢看他们如何把一件事做得和别人不一样，我喜欢他们的坚持，喜欢他们的诚实，喜欢他们悲喜形于色，喜欢他们爱自己。不仅喜欢，甚至迷恋。一个人一件事，一句话一个微笑，写的是别人，却成了自己的故事。

但愿你能在这些极平凡的言语中发现不同，并且找到自己生活里的别样，去享受，去分享，勇敢地在这片原本"和谐"的画板上添上一笔浓墨重彩。但愿我自己，没有虚假，不要虚假，不能虚假。在这个正常运转的星球上，疯也似的活着。永远相信，你所失去的，必将以另一种方式回来。

你敢吗？说走就走！走在自己喜欢的路上，做一个最真实的自己。

最后，感谢所有关心我的人，无论是支持、鼓励，还是不解、劝阻，我都感恩，因为是这些，让我成为现在的我。也谢谢在这些文字面前，听我讲故事的你。